# 父がいた
# 幻のグライダー
# 歩兵部隊

～詩人竹内浩三と歩んだ
筑波からルソンへの道～

藤田 幸雄
Fujita Yukio

風詠社

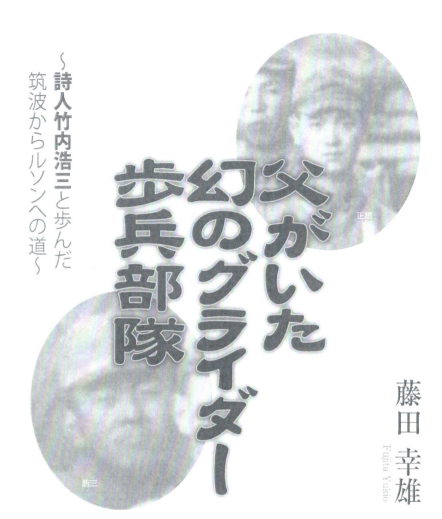

目次



＊本文中にある（25）などの番号は、巻末に掲載されている参考資料からの引用となっております。

装幀　２ＤＡＹ

# プロローグ

父が第二次大戦時にフィリピンに従軍した際の物語は、子どもの頃からお風呂の中でけっこう聞かされていた。男の子にとってお父さんと一緒にお風呂に入るのはたいそうな楽しみであり、それはまた人一倍子煩悩な父正雄とて、同じ思いであったに違いない。そしてお風呂といえば戦争話。それが当時のわが家における夕食前の定番であった。

どちらかといえば、集中力がなくすぐ別の話をねだっていた私幸雄によりも、小さい頃から記憶力のよかった三歳年上の兄静雄（しずお）には、さらにこと細かくいろんなことを話したのではないか。私ときたらお父さんが格好良さそうな特殊部隊にいたことだけに、目を輝かせていた。それは空からの攻撃部隊だそうで、先輩方が戦争初期にスマトラ島でオランダ軍を華々しく打ち破ったという、パレンバン落下傘降下作戦（１９４２年二月）の話ばかり何度も聞きたがった（図1）。風呂で父がエコーを聞かせて歌う「空の神兵」の歌は、いまでもよく憶えている。正直いってその頃はあまり細かい話がよくわからなかったし、父が実際に体験したフィリピンでの出来事には、さほど大きな興味を示していなかったから、けっこう彼を落胆させたに違いない。

そんな日々も少しずつ遠ざかりつつあった頃、私はスポーツ科学者の道を志して筑波大学を目指すようになり、首尾よく合格することができた。１９７６年のことである。

その夏。父、母、兄と私の一家四人で、合格した大学近辺を旅行する計画が持ち上がり、まだご当所の地理にそれほど詳しくなかったものの、私が案内役となった。土浦市内に宿泊したと記憶する。

何故か私が筑波に行くことになったのを、父はことのほか喜ぶのだ。そして自分が所属した空挺部隊が、筑波山の近くにあったことを道中何度も話した。しかしこのことは家族全員にとってほぼ初耳のことであり、またすでに戦後三〇年あまりが経過していたから、そのときの父の記憶も、

「飛行場があったんは土浦から出ている関東鉄道筑波線の、何とかという駅の近くやったなぁ」

図１　上：昭和 17 年（1942）２月に行われたパレンバンでの降下作戦
下：降下する空挺隊員（ともに資料(16)より）

といったものだけであった。だがそんな飛行場は当時はやっていた戦記物の本でも、いっこうに目にしたことがない。霞ヶ浦で予科練生を育てていた、海軍航空隊の赤トンボ練習飛行機（九三式中練）なら有名であるが、その飛行場と一緒ではなかったのかと、母美代子をはじめみんなで何度も聞いたものである。ただそれは「ちゃうちゃう」ときっぱりと否定し

た。珍しくけっこう強い語気だったので、ちょっとびっくりした。

びっくりの感情とともに、当時の土浦駅にまだ残っていた筑波線のホームにたたずみ、過去の記憶を思い起こそうとしていた父の姿を、うっすらと憶えている。しかしそれ以降、特に空挺部隊の話を聞くこともなくなってゆき、ほとんど忘れかけていたといってよい。もちろん帰省時に一緒に風呂に入ることは、なおもけっこうな、きっとお互いの楽しみであったのだが、それなりに成人した息子にまたもや戦争話でもなかろう。


今さらまさかと思った大きな転機は、つい最近の年の暮れ（２０１１年）のことであった。例年通り年末年始を大阪の実家で過ごす打ち合わせのため、父と電話で話した際に、

「フィリピンの水筒が出てきた」

というのである。最初は何のことかとポカンと聞いていたが、すぐに、

—あぁ、あれか
と思い出した。子どもの頃よく遊んでいたやつである。兄と取り合いで、家の中を走り回っていた。確かこれを持ったほうが日本軍で、もう一方はアメリカ軍役をすることになっていた。兄にもこのことを電話で聞いてみると、

「ああ、あの水筒なぁー。よう遊んだけど、どこいっとったんかなぁ」

と、同じような思い出であった。

兵隊ごっこやスパイごっこ、ひいては西部劇ごっこが大好きだった私は、その後もこの水筒を持って外に遊びにいっていたような記憶がある。大阪市内にあった生家から現在の寝屋川市に中学生のときに引っ越した後も、初めてあてがってもらった自分の部屋の押し入れの中に、大事にしまい込んでいたのではなかったか。

それを最近になって見つけたというのである。

きっと、父も長いこと忘れていたであろうし、そんな目的で家の中を探索したわけでもなかろう。おそらくは、いつの間にか所在がわからなくなっていた戦争の頃のアルバムを家中探し求めて、ふと目にしたのではなかろうか。このアルバムには父の若い頃の写真がたくさんあり、よくみんなで見ていたものだが、私が高校に進学する頃あたりであろうか、いつの間にか目にすることがなくなっていたのである。そういえば一年前あたりからその古いアルバムのことを急に気にしだして、

「知らんか、知らんか」

「おまえの部屋にあるんとちゃうか」

と何度も聞いていたっけ。

アルバムも大事であるが、偶然見つけたこの水筒を父はずいぶんと喜び、

「今度、道後温泉に老人会でいくときに、みんなにこのフィリピンで手に入れた水筒を見せて、そのいきさつをバスの中で話してやりたい」

というのである。

「えっ、フィリピンで、すいとう？　手に入れた？　あの水筒を？」

これは初耳であった。きっと。ずっと日本陸軍支給の装備品だと思っていた。だってこれを持っている方が日本軍役ですからね。親父もその遊びを、にこにこして見ていたじゃないか。

「フィリピンのどこで手に入れてん」

と思わず聞いたら、

「斬り込みのとき、アメリカ兵から奪うた」

ときた。支給品どころではない。たいへんではないか。そもそもあの悲惨なジャングルでの負け戦で、どうやってアメリカさんから奪えるというのだ。

じつはさらに数年前に、やはり年末年始に実家に帰っていたとき、ふと自分たちの祖先や父の戦争の顛末を再確認したくなり、夜遅くまで父と母を質問攻めにして、記憶を掘り起こしてもらい、それをメモにまとめたことがあった。だが、そのときにもこの水筒の話は出てこなかった。

これはいい機会だ。

―今度の年末年始はこのメモを持ってゆき、さらに水筒のことをつけ加えてみるか。

と思ったのである。

その動機は正月に兄家族と会ったとき、さらに発展した。兄も父の戦争の話を少しインターネットで調べたことがあったようで、フィリピンまで乗っていった船のことや、ルソン島での戦いのことが、いろいろな戦争関係のサイトに掲載されていたというのである。

またまた驚いた。父が語ってきた戦争話は一つの物語としてしっかりまとめておきたかったのだが、あくまで親族間の内輪話の域を出ないと思い込んでいたのである。誠に申し訳ないのだが、一般的な戦争苦労話ぐらいにしか考えていなかった。よもや太平洋戦争南方戦線の悲惨な戦史と、実際にリンクしようとは。

―今回のきっかけを逃しては、二度とこの大事な話を詳しく聞けないだろう

と兄も私も、本当に今さらであるが父の記憶と戦史を突き合わせ、事実関係を明らかにしようと、啓示に近いものを受けたのではないかと思う。

この戦記は2012年の元旦、正雄の話をたどりつつ、静雄と幸雄で協力してインターネット検索した資料を基盤にして作成された。その日に行われたのはわずか数時間の作業であったのだが、父も忘れていたであろう、あるいは一兵士として知るよしもなかったかもしれぬ、驚くべきドラマの輪郭が浮かび上がってきたのである。

とりわけ初期の作業を通じ「詩人　竹内浩三」という名が、繰り返し登場してきたのが印象的であった。代表

作とされる「骨のうたう」を残して、弱冠二三歳でフィリピンの戦場にて命を散らした竹内浩三は、天性の詩人として広く知られていたそうだが、恥ずかしながらこのときまで、まったく名前すら聞いたこともなかった。ところがどうやら、正雄とは筑波時代やフィリピンで、ずっと行動をともにしていたようなのである。そしてこの方の作品や生い立ちなどに関する情報が、続々と検索にヒットした。

しかしながら竹内浩三が日本を発ってからの動向の記録はほとんど残されておらず、いろんな方が手がかりを求めていた（5）（14）（21）。おまけに複数の資料において「部隊全滅（14）」、「全員切り込みを敢行、全滅（3）」などと書いてある。

おいおい、一緒にいた部隊が全滅しているのなら、ここにいる俺の親父は何なんだ。どうなっているのだ。

―これはどうしても、われわれがごく身近に聞き憶えてきた父の話と、竹内浩三さんの消息情報とを突き合わせなければならない。

もはやいてもたってもいられなくなり、突き動かされるように資料を集めて、調査を開始した。

大事な戦争のときのアルバムはいまだ行方不明であるが、その身代わりのように見つかってくれた水筒をきっかけにして、あらたに明らかになった彼らの戦争物語を、くわしく記録にとどめておく。この文章や写真が、はるか遠くなってしまった時間をいま一度引き戻し、戦争に翻弄された正雄の青春の記憶や、花の盛りに散っていった戦友たちの無念と呼応し連なり合ってくれるのが、われわれ兄弟の願いである。

# 徴兵検査

父、出口正雄は大正一〇年（1921）三月一三日に、大阪府西成郡豊里村（現大阪市東淀川区豊里）の農家でその生を受けた。当時から野村と呼ばれていた地元では生家はちょっとした名家で、けっこうな土地持ちだったようである。家長は「ひょうさん」と近所で呼ばれていた兵太郎《ひょうたろう》。いまいち会話の滑舌が悪く、何を言っても「ちゃぶちゃぶ」としか聞こえなかったため、「ちゃぶちゃぶばあちゃん」と後年孫たちから呼ばれた母シヨとの四番目の子どもで、三男、末っ子である。長姉光江、長兄は清一、次兄は宇兵太郎《うへいたろう》。すべての子が五歳ずつ離れており、ほぼ一五年をかけて四人の子どもをもうけたわけである。ちなみに次兄の宇兵太郎はやはり太平洋戦争に海兵隊員として出征し、ソロモン沖海戦にて戦死している。正雄が藤田姓となったのは、フィリピンから復員してからのことである。戦後の混乱期の昭和二三年（1948）五月に、藤田家の養子となり同じ東淀川区の東淡路に移り住んだ。

豊里尋常《じんじょう》小学校卒業後、今の中学にあたる二年制の尋常高等小学校に進学。昭和一〇年（1935）三月に卒業後は、二年あまり実家の農業手伝いを行っていた。昭和一二年（1937）九月一〇日、ナニワガス入社。今の大阪ガスの一部局である。一六歳になっていた。

一年半ほどが経過した頃、ナニワガス在籍のまま此花区下福島にあった大阪工科学校土木科(56)に入学。夜間の定時制で、予科と本科を合わせた修業年限は三年間であった。

さて、この学校就学中に二〇歳を迎え、徴兵検査を受けることになる。昭和一六年（1941）、大日本帝国がいよいよかの無謀な戦争に突入する前夜のことである。世相も相当に緊迫したものになっていたであろう。

当時の徴兵検査は、

「二〇歳に達した男子は誰もが徴兵検査を受けることが義務付けられた。四月〜五月頃に通知が届き、地域の集会所や小学校で検査が行われた。検査に合格した者は翌年の一月一〇日に各連隊に入営することとなる」

といった具合であり、おそらくはこの年の初夏を迎える頃に同級生たちとともに、母校の豊里尋常小学校か野村の公民館あたりで検査を受けたと思われる。

正雄の検査結果は「甲種合格《こうしゅ》」であった。

「甲種合格。といわれてケツをパチンと叩かれた」

と後年、子どもたちに何度も話していたから、相当にうれしかったのであろう。

甲種合格とは、

「合格し即入営となる可能性の高い者の判定区分を「甲種」というが、甲種合格の目安は「身長一五二センチ以上・身体頑健」だった。検査が始まった当初の明治時代では合格率がかなり低く、一〇人に一人か二人が合格する程度だった」

という。

おそらくは戦争の始まりを前に判定基準も多少は甘くなっていたろうから、もう少し甲種合格率も高かったと考えられるが、

—頑健な体で甲種合格し、即戦力としてお国のためにお役に立てる

ということは当時の青年としては、一家の誉れとなることでもあったろうし、格別の亢奮《こうふん》した心理があったことは、今でも正雄の口ぶりから読み取ることができる。

しかしながら甲種合格したということは、規定通りであれば翌年の一月には入隊しなければならず、それではせっかく最終学年となった大阪工科学校を卒業できない。仮に一月を免れたにせよ一般的な入隊の日取りも、「一月一〇日、二月一〇日、三月一〇日、四月一〇日」のいずれかと定められていたというから、これはもう、ほとんど卒業をあきらめなければ仕方がない状況であったろう。

ところが思わぬことに、正雄の入隊は最も遅い日程である昭和一七年（１９４２）四月一〇日まで繰り延べになった。前年の一二月には戦争が始まっていたから、まさか役場の人が一青年の卒業を待ってやって招集をかけたとも考えにくいのであるが、何とか無事に工科学校を卒業できたのであった。このことは後年、正雄が終戦後にまた大阪ガスに勤務したときに、大きな意味を持ってくる。

「卒業していなければ工員扱い、卒業していたから職員扱い」

だったそうで、給与体系も与えられた仕事も大違いであったろう。

「風呂も別々やった」

というほど格差をつけられたというから、わずかひと月の違いでも後の藤田家の家計は、相当に貧窮したものとなっていたであろう。

ともあれ正雄は歩兵として陸軍第四師団の「歩兵第八連隊」(36)、当時の名称での「中部第二二部隊」の「第三中隊」に入隊した（「厚生労働省社会・援護局業務課調査資料室」提供資料「身上申告書」より）。大阪城のお膝もと、大手前にある今の大阪ＮＨＫの裏手あたりに本拠地があったそうである。

この「第八連隊」（図２）は古くから、

「またも負けたか、八連隊」

図２　陸軍歩兵第八連隊の営門（資料(8)(23)より）

と節をつけて、子どもたちがはやし立てていたという。母美代子も小さい頃から、これを口伝えで聞いていたというから、

――よほど弱かったのか

と思ってしまう。美代子がこの俗謡のことを冗談めかして口にするたび、正雄はさすがにちょっといやな顔をしていた。よっぽど当時からいろいろあれこれ、いわれてきたのであろう。

しかしながら実際には「第八連隊」は明治初期からつづく名門で、西南の役、日清・日露戦争、第一次世界大戦にも参戦したが、ほとんど負け戦というものを経験したことがないそうである。したがってこの有名な俗謡には過去さまざまな解釈がなされてきて、いろいろな資料も残されている[35]。おおむねのところは、

「口達者な大阪商人たちが集まった連隊など、強かろうはずもない」

と大阪人気質をふざけ半分でからかって、こういった表現が生み出されたのではないか、とされている。

この「またも負けたか、八連隊」のあとにはまだ続きがある。

「それじゃ勲章くれんたい（九連隊）」

「第九連隊」は滋賀県大津→京都にあった部隊のことであり、ことあるごとに官位を欲しがるひ弱な公家のイメージにかこつけてか、まとめてからかいの対象としている。九州弁がまじっているあたりが、明治維新以来つづく薩長の影響か。上方や都文化の華やかさに対する、地方の複雑な心情がのぞいているとも読みとれる。

さらに、

「敵の台場がとれんたい（十連隊：兵庫県姫路→岡山にあった歩兵第十連隊）」

と続くそうである。

「第八連隊」の演習は、よく和泉市信太山（しのだやま）で行われていた。正雄の兵隊時代に撮影された数少ない残存写真にも（図3）、

「信太山にて」

と書き込まれていて、当時の戦友たちがともに写っている。初年兵の訓練はずいぶんと手厳しいものであったそうだ。二～三年間勤め上げれば満期で予備役となる期待も、戦時下においては空しいものであったろう。

図３　上：中部第22部隊時代の正雄（左端）　この写真は休日の日曜日なのに、仲間の失態で班全体が外出禁止になった時のものだという
下：信太山演習中（左端）
（ともに藤田正雄氏所有の写真より）

　しかし、ここからさらにたいへんな転機が正雄を待ち受けていた。昭和一八年（１９４３）八月に編成された、「挺進第五連隊」[64]に一〇月二〇日付けで転属を命ぜられたのである。場所は「陸軍西筑波飛行場」。

　このとき、二二歳であった。

## 空挺部隊

日本陸軍の用語で「挺進《ていしん》」とは、

「主力から飛び離れて進むこと（主力部隊より前方の敵地を進む）(64)」

というものであったらしい。ずいぶんと勇ましいが、いってみれば半分捨てゴマのようなものである。これは先に述べたパレンバンで勇名をはせた落下傘部隊が本流であったのだが、さらに滑空機（グライダー）を用いた急襲部隊が、これにつづくべき戦力として考案された。

これら空挺部隊のうち、落下傘（パラシュート）降下部隊は宮崎県の川南（かわみなみ）というところで養成されており、「高千穂部隊」と呼ばれていた。いっぽう滑空機（グライダー）降下部隊は西筑波で養成されることになり、こちらには「筑波颪（おろし）」との別名もあったようである。

さらに、あちこちの資料に

「精鋭で固めた空挺部隊(47)」

「日本陸軍が誇る精鋭グライダー部隊(16)」

「陸軍の〝秘密兵器〟であり、〝虎の子部隊〟の一つであった(67)」

「当時の日本陸軍の中で最精強と謳われた部隊である(75)」

といった記載が並んでいるのには正直驚いた。そんな日本代表レベルのところに、正雄は送り込まれていたのだ。宮崎県にある現在の航空自衛隊新田原（にゅうたばる）基地の片隅には「空挺歌碑」というのがあり、その一

角に

「全軍から箇抜《かんばつ》された精兵は高千穂峯の落下傘筑波颪の滑空機と東西相呼応する猛訓練により皇軍随一に鍛え上げられた」（箇抜：選び抜くこと）

と、ここにも東西空挺部隊の猛訓練が伝えられている(38)。

さて父もうろ覚えであった西筑波の陸軍飛行場であるが、つくば市役所に問い合わせてみたところ、教育委員会に文化財室という部署があり、ご丁寧にさまざまな資料を紹介して下さった。どうやら現在のつくば市「吉沼」、そして「作谷（つくりや：旧作岡村）」という場所にまたがって建設されていたようである(39)(70)。現在は各社の工場が建ち並ぶ工業団地になっている、とも聞いたのだが、実際に行ってみたら一面の芝畑のように見えた。

戦後すぐアメリカ軍によって撮影された航空写真に、その全容が明らかであり(22)、滑走路

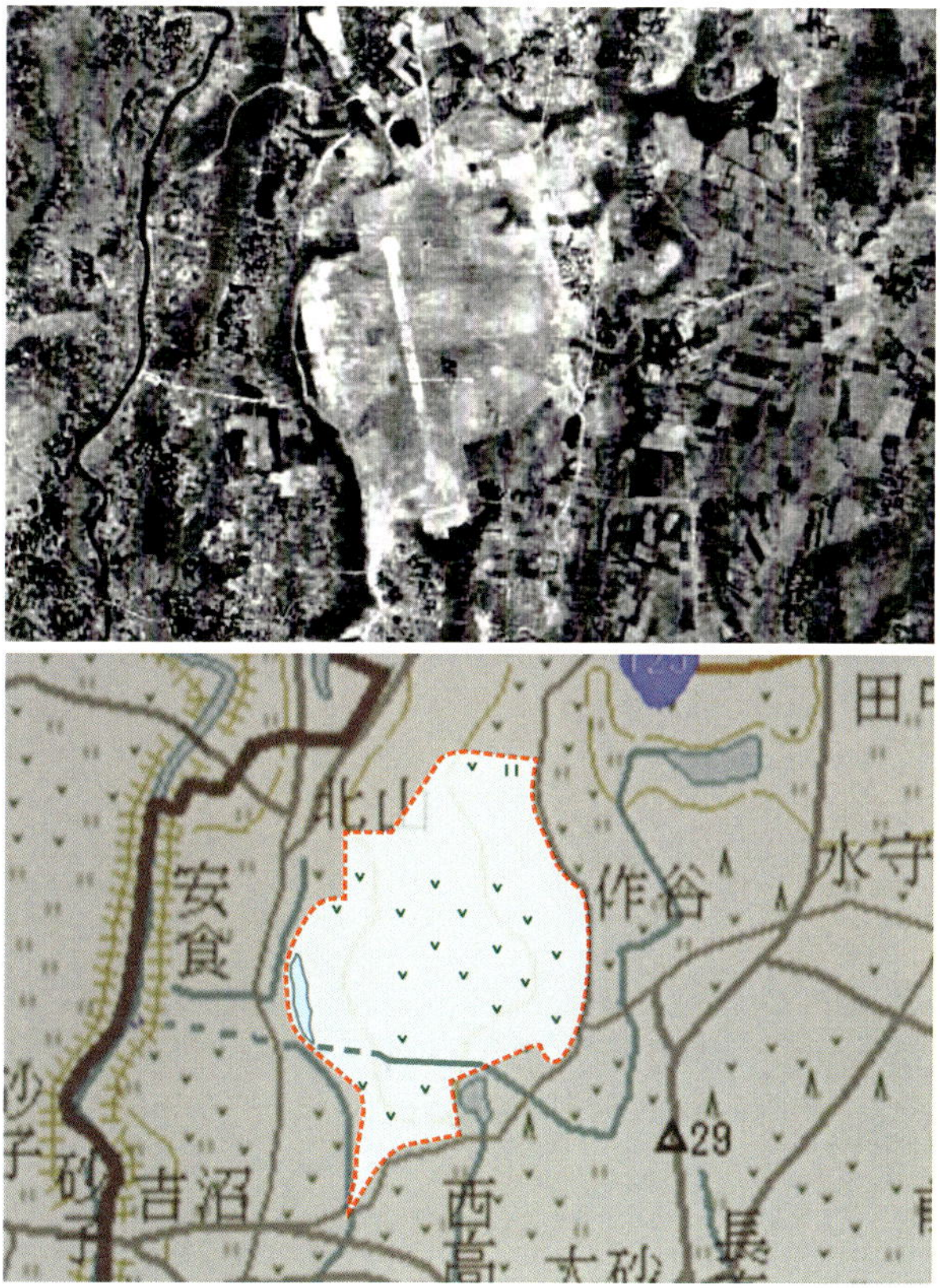


図４　西筑波飛行場の全容　左の方の黒い線が小貝川。飛行場の真ん中が滑走路（資料(22)より）
上：1946 年に米軍飛行機から撮影された航空写真
下：現在のほぼ同じ場所の地図（赤色の点線で著者が旧飛行場の場所を推定加筆した）

は今では南北を貫く道路となっているとのことであった（図4、5）。またこの地に作岡保育所(48)というのが建っていると知り、訪問、見学させていただいた。ここからの筑波山は学生時代から長年見慣れた南側から（表筑波）の風景とは異なり、男体山と女体山がずいぶん寄り添って見えた。敷地内の片隅には、

「陸軍挺進滑空飛行第一戦隊（グライダー部隊）　発祥之地記念碑」

図5　西筑波飛行場の滑走路の全容（資料(22)より）
下：兵舎跡のようなものが見える。このあたりが営門か

というのが残されていて、地図で当たりをつけると、このあたりに営門があったようである。落下傘部隊は小回りがきくが重火器すら携行できないのに比べて、当時陸軍が開発を急いでいた大型グライダー（双胴の「クー七」(41)）は、小型戦車まで搭載できたという(67)。

最寄り駅は、1989年に廃線となった関東鉄道筑波線の「常陸北条駅」である(71)。正雄も先日ようやく私の報告を聞いて、その名前を思い出していた。私は学生時代に何度か筑波線を利用した際に、この駅を通過しているはずだ。飛行場や兵舎は北条駅からもけっこう遠かったそうだ。駅から国鉄バスが出ていて吉沼を経由していたのだが、こちらもすでに廃線である。

この当時、のちにフィリピン出征直前に再編成されるまで、「挺進第五連隊」には通称「東部第一一六部隊」と「東部第一一七部隊」が含まれていた。「一一六部隊」はグライダー搭乗部隊(67)。一方「一一七部隊」はグライダー操縦部隊(34)、すなわち最初から専門訓練を受けてきたパイロットたちである。

もともとは宮崎で訓練していた「挺進第五連隊」が西筑波に移った際、「一般部隊からの転属者数百名を加えて」結成したとある(16)。正雄もこの一般転属者に該当し、「東部第一一六部隊」に配属となったわけである。

さて、このとき正雄とまさしく同じ「第一一六部隊」に所属していた兵士の一人に、冒頭で述べた竹内浩三(たけうち・こうぞう)がいたのであった(54)。昭和一七年(1942)の四月に「臨時徴兵検査」を郷里三重県で受け、その年の一〇月入隊であるが、「第一一六部隊」転属は正雄よりやや早く、昭和一八年(1943)九月一日で(62)、二〇日に現地に到着している(67)。

浩三は日大専門部映画科の学生であったが、戦時勅令《ちょくれい》により早期卒業となり徴兵された。一〇代の頃からさまざまな文章やマンガを書き残している詩人で、先述した「骨のうたう」や、2001年になって元玉川大学・大阪学院大学教授の小林察(こばやし・さとる)によって発見された「日本が見えない」(37)により、一時期大きな話題を呼んだ。

生年は正雄と同じ大正一〇年(1921)であるが、五月一二日生まれであり、三月生まれの正雄より学齢では一年下にあたる。竹内家は宇治山田(現伊勢)市でも指折りの豪商で、自宅の近くに呉服屋を開き、少し離れて洋服店も経営していた。自宅は大岡越前の守で有名な山田奉行所のあった場所で、幼少時の浩三はここでかくれんぼやチャンバラに熱中していたという(62)。しかしながら浩三の出生にはやや複雑な家庭事情があった。

祖父善寿(ぜんじゅ)には徳三郎という跡取り息子がいたのだが、竹内家を継がず東京大学を卒業後に、鹿児島県高等農林学校の教授として生涯を全うした。そこで徳三郎の姉好子（よし）の入り婿として、浩三の父善兵衛を竹内家に迎え入れたわけである。この二人の間には正蔵という息子がいる。

さらに善兵衛は好子に早逝《そうせい》され後妻をめとったのだが、この芳子（好子と同音であった）が浩三とその姉弘（こう）の実母である。したがって二人の姉弟には竹内家の血は流れていないことになり、また年の離れた腹違いの兄がいたのである(21)(24)。

浩三は宇治山田市立明倫小学校時代に、相次いで身内の死に見舞われる。兄正蔵が亡くなり、その一年後には実母芳子も没した。これらのこともあってか、浩三と四つ年上のこうとはその後も深い絆で結ばれてゆく。また浩三には生来の吃音《きつおん》障害があり、矯正治療を受けるなど、ずいぶん悩まされていたようである。

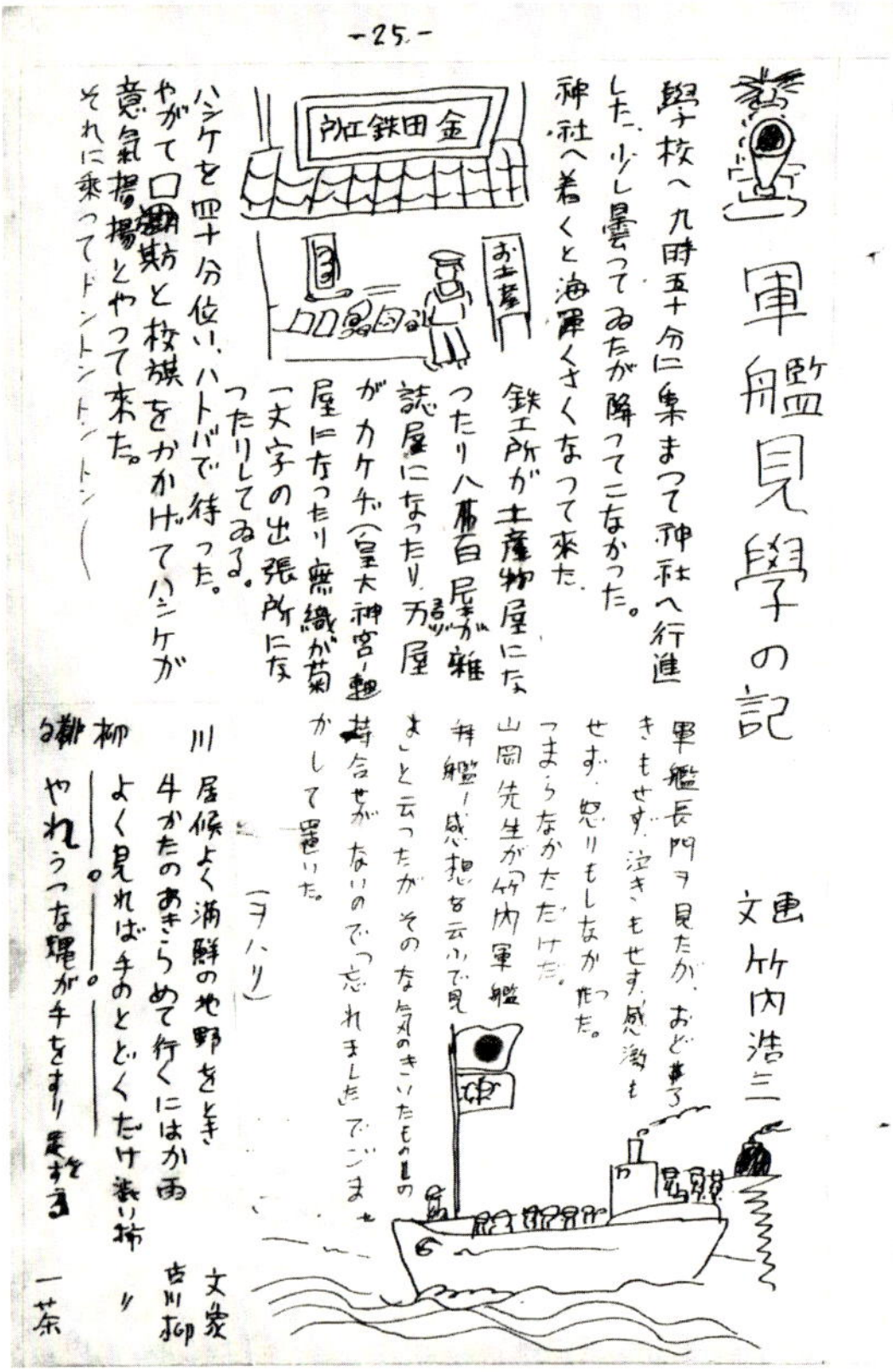


図６　竹内浩三が回覧雑誌に掲載した絵と文章
（「日本が見えない」(37) より転載）

父善兵衛は子供の教育にすこぶる熱心であり、小学校に上がる前から難しい漢字を教え込んだり、専門的な科学の話をしたりしたそうだが、中学校に進学した浩三が最初に天賦の才を発揮したのはマンガであった。一五歳になった中学三年生のときに個人雑誌「まんがのよろづや」を発刊し、改題して「マンガ」という雑誌を編集していった。

ところがこれらの回覧雑誌の内容が当時の世相に対し極めて風刺的、刺激的であったため、級友は大いに喜んだが学校の教員たちには「ひどい悪ふざけ」と捉えられた（図6）。父善兵衛が学校に呼び出されることも再三再四であり、父親はこのことに加え学業の遅怠や軍事教練不合格などについても注意を受けたという。よっぽど善兵衛に絞られたか、一年ほどは空白期間があったのだが、浩三はまたも「ばんち」という雑誌にとりかかる。このことが決定的となりついに自宅から隔離され、中学最終学年（五年生）のときには、柔道師範であったという佐藤純良氏宅に一年近く「身柄あずかり」となった。その後、昭和一四年（１９３９）三月に宇治山田中学校卒業。

最初の受験を失敗した浩三は、郷里の先輩小津安二郎にあこがれて映画の道に進むべく、東京での一年間の浪人生活の末、日本大学専門部映画科に入学したのであった。この一年前に父善兵衛は他界、近しい身内は姉こう一人となったのである。

大学時代の浩三はよく恋をした。「よくふられるかはりによくほれる。ほれっぽい性らしい」（ふられ譚）と自己分析もしている。昭和一六年（１９４１）にはこの年だけで三度も振られたそうである(21)(62)。

「骨のうたふ（骨のうたう）」は竹内浩三がこの学生時代に、宇治山田中学時代からの盟友、中井利亮（としすけ）らとともに作った同人誌「伊勢文学」に掲載すべく、書かれたものと考えられている(21)。後で詳述する、浩三のフィリピンにおける戦死が確実となった、昭和二三年（１９４８）八月に発行された戦後復刻第一号（通算第八号）に、遺稿として初出された。広く知られているのは中井が手を入れた「完成稿」であるが、「原型」にはより色濃く浩三の視線がにじんでいるといえよう(24)(25)。

以下に旧仮名遣いの原文のまま、「原型」を記載する。

# 骨のうたふ

戦死やあはれ
兵隊の死ぬるやあはれ
とほい他国で　ひょんと死ぬるや
だまつて　だれもゐないところで
ひょんと死ぬるや
ふるさとの風や
こひびとの眼や
ひょんと消ゆるや
国のため
大君のため
死んでしまふや
その心や

苔いぢらしや　あはれや兵隊の死ぬるや
こらへきれないさびしさや
なかず　咆えず　ひたすら　銃を持つ
白い箱にて　故国をながめる
音もなく　なにもない　骨

帰っては　きましたけれど
故国の人のよそよそしさや
自分の事務や　女のみだしなみが大切で
骨を愛する人もなし
骨は骨として　勲章をもらひ
高く崇められ　ほまれは高し
なれど　骨は骨　骨は聞きたかった
絶大な愛情のひびきを　聞きたかった
それはなかった
がらがらどんどんと事務や常識が流れてゐた
骨は骨として崇められた
骨はチンチン音を立てて粉になった

ああ　戦死やあはれ
故国の風は　骨を吹きとばした
故国は発展にいそがしかった
女は　化粧にいそがしかった
なんにもないところで
骨は　なんにもなしになった

一九四二・八・三

この日付から、この原型詩は浩三がちょうど三重の「中部第三八部隊」に初年兵として、入営が決定的になった頃に書かれていることがわかる。ここで示されている死者の視点と、また彼がこの後に持つであろう絶望的渇望感への同一視が、どうして軍隊生活を体験するでもなかった学生に獲得されたか。

「それは詩人の持って生まれた直感力としか言いようがない」

と、小林察は推測する(62)。だが、もしかしたらこの感覚は、この時代に生まれ落ち死地に赴くことを運命づけられていた、すべての若人たちに共通した思いではなかったかとも感じる。軍事演習がとびっきり駄目で、誰よりも軍隊を嫌っていたとされる浩三にして、むしろこの早すぎるとも取れる死への覚悟の定まり具合は、逆説的に同世代の報われない救われない若き兵士たちの思いをすくい上げていると。

しかしまだこの頃の竹内浩三は、

「初年兵の間は、郷里の部隊という親近性もあってか、詩や小説を書くゆとりがあった(67)」

ようであった。ところが、

「一年間の歩兵訓練を終えたころ、急遽、茨城県筑波山麓に新しく編成された滑空部隊への転属を命じられた(67)」

という。ここに大阪生まれの正雄と三重生まれの浩三の運命の糸が、初めて交錯することになった。

この部隊編入後しばらくして、浩三はじつに丁寧に、毎日欠かさずこの頃の日記をつけ出している。きびしい検閲を逃れるためであろうか、最初の冊子は宮沢賢治の詩集本をくりぬいた中に入れ、入念に隠して郷里の姉に送っていたそうである(67)。その「みどり色レザーの小さな手帖二冊」は姉の松島こう氏により大事に保管され（1：カタカナ書きされている）、また後日、親友中井利亮家の土蔵から偶然発見され（2：ひらがな書きされている）、原名通り「筑波日記」という名前で世に出た。当時の兵隊生活、「皇軍随一」を養成する猛訓練の様子を、内部からつぶさに観察した極めて貴重な資料である。

ここで繰り返し出てくるのが、

「銃剣術」

であり、

「朝五時ニオキルト、銃剣術デ、飯ガスムト銃剣術デ、ヒルカラモ銃剣術デ、ソレデオワリカト思ッタラ、月ノ光デマタ、銃剣術」

このことは正雄の記憶にも鮮明であり、

「銃剣術ばっかりやってた」

「左の胸を突いたら一本になった」

という。

この「筑波日記」は昭和一九年（1944）一月一日から始まるのだが、その冒頭に、

「ザットカク」

とこの日記開始以前にあたる昭和一八年（1943）九月の入隊から、その年末にかけての出来事がまとめられている。そして一二月の末頃、富士の滝ヶ原に廠営（しょうえい：軍隊が壁のない簡易宿舎に露営すること）に出かけ、一週間ほどを過ごしたと記されていた。

じつは静雄や幸雄が幼少時代から目にしてきた、正雄の数少ない軍隊時代の写真の中に、富士山を背景に部隊全体で写っているものがある。わが家ではこの写真を用いて、

「お父さんはどれだ？」

図7　昭和18年（1943）12月末に行われた富士裾野の滝ヶ原における演習
（藤田正雄氏所有の写真より）

クイズをよくやっていた。たくさんの人が写っていて、若い正雄の顔がにわかには見つけ出せないのだ。おまけに一人一人が小さくて、虫眼鏡で探したものである（図7）。またせっかく見つけても、忘れた頃にまた正雄がにやにやして、「お父さんどこにおるかわかるか」と聞いてくると、もとのもくあみにわからなくなっていた。

竹内浩三が書き残した「富士ノ滝ヶ原へ廠営ニデカケタ（67）」という記載を目にしたとき、ぱっとこの写真を思い出し、はたと手を打った。

――もしかしたらこの際の記念写真だったのかもしれない

彼らが筑波にいた一年あまりの間に、そう何度も富士山に行くとも思えない。「筑波日記」にもこの後には出てこない。おまけに背景は冬の富士である。

この写真を拡大するため静雄がスキャナーで取り込んだものを改めてよく見た。全部で一一六名が確認された。おそらく中隊レベルでの集合写真であろう。

そして、

――もしやこの写真に竹内浩三も写っているとおもしろいのになあ

と、当て所があるはずもなくぼんやり一人一人確かめて

図８　図７からの正雄の拡大写真（中央）。当時の写真技術の高さに驚く

いったのだ。しかしまったく当時の写真技術には感心した。かなり遠距離からの、背景に富士山も写し込んである大人数が写っている古い写真なのに、パソコンで拡大してゆくとそれぞれの顔がしっかり見分けられるのである。正雄の顔も初めてはっきりと確認できた（図8）。虫眼鏡どころではない。

　すると、である。

「あれっ。この人って」

という顔が出現した。まさしく「出現」という感じだったのだが、もちろん確証など持てるはずもない。何しろ八〇〇人以上はいたであろう当時の第一一六部隊員の中の、たった一〇〇人あまりの写真である。この小さな確率で竹内浩三も同じ部隊写真にその姿をとどめているなんて、そんなうまい話があるわけもなかろう。

　しかしながら正雄も含め、当時の皇国存亡に関わる意気に燃えて、選ばれた空挺部隊員として一世一代となるであろう写真撮影に臨んでいる若き兵士たちに比し、その人物のなんとも憂鬱そうな顔が、きわめて印象的であった（図9）。

　じつは三重における「中部第三八部隊」時代の写真なのだが、みんなお約束の気張った顔で写っている中、竹内浩三だけひょいと横を向いているものがある(21)(67)。軍隊という厳密に管理された集団の中でこんなことを仮に偶然を装って行うにしても、きわめて危険な試みだと思うのだが、

図９　前掲写真の別部分の拡大（中央が竹内浩三）

こういった試みを断固行うところが、浩三の真骨頂だったようなのだ。

そしてこの富士山裾野での集合写真での顔は、まさしく「筑波日記」（67）で記載されている、隙あらば銃剣術の訓練をさぼり、時には衛兵当番中でさえも厳罰覚悟で寝てしまっていた、彼の気分を表しているかのようであった。

これはどうしても調べてみたいと、長年竹内浩三作品を編者として世に送り続けてきた、前述の小林察氏にご連絡を取らせて頂いた。突然のお便りに氏もずいぶん驚き戸惑われたことかと、申し訳なく思っている。しかしご丁寧に慎重に調べて頂いた結果、

「ご指摘の通りの人物が竹内浩三であると確信（従来写真によって竹内さんとかかわってきた知人たちとともに）いたします」

とのお返事を受け取ったときは、思わず喚声をあげた。小さい頃から慣れ親しんできた写真が、こんな思いもよらなかったところで、竹内浩三の短かった生涯の記録とつながったのである。よもや中隊まで同じとは。

はたして正雄とはどの程度の面識があったのだろうか。後述するが小隊は別だったようでもあり、今後少しずつじっくり聞き出してみたいと思っている。また竹内の姉の松島こうさんにも是非ご覧頂きたく、原本からの焼き増しや拡大写真などを、何枚か小林察さんにお届けしようと考えている（後日譚《たん》であるが小林さんが松島こうさんをお訪ねになった際にこの写真をお見せになったところ、松島さんが「これは浩三じゃ、浩三じゃ」と

お喜びであったと、松島さんの娘さんの庄司乃ぶ代さんからお便りを頂いた）。

以下、「筑波日記」に記載されているいくつかの訓練の様子をあげると（54）（62）（67）（68）（69）、

「朝モ、昼モ、夜モ、演習。仕事ガ時間ヲ追ッテクル」

「敢為前進（かんいぜんしん）と云うやつで、野でも山でもがむしゃらに行くやつであった。汗みどろであった」

「対戦車肉薄攻撃と云ういさましい演習であった」

「夜オソク帰ッテ、朝二時ニオキテ、又出カケルノデアッタ。二時間ホドシカネムレナイノデアッタ」

「オキタノガ二時。レイ明（黎明：明け方のこと）攻撃デアッタ」

滑空部隊は夜明け前の奇襲に適するといわれ、夜間の演習が多かったそうだ。「ミ号剤という、訓練と併用すれば夜でも目が見える薬が完成したというので、一カ月も毎晩毎晩その黄色い薬を飲んで夜間演習を行った（75）」

という激しさであった。

通常の訓練も

「息ヲスルヒマモナイホドイソガシイ」

「四十キロノ検閲行軍デアッタ。ボクハ、弾薬箱ヲカツイダ」

「森の中で演習をしていた。森の中を二人ハン走でキカン銃をもってはしっていた。がむしゃらであった」（ハン走は搬送のことか）

「分解ハン送で閉口シタ」（分解搬送とは重機関銃を分解して運ぶこと）

「午前中、特火点攻撃ノ学科デ、ヒルカラ、ソノ演習デアッタ」（特火点とはトーチカ＝鉄筋コンクリート製の防御陣地のこと）

「朝、カケアシデ吉沼マデ行ッタ」

「朝ハ体操デアッタ。枯草ノ上デ、デングリ返ッタリ、トンダリハネタリシテイタ」

「作岡村の松林の中に、ドラムカンが三〇〇も入る大きなエンタイをいくつもこしらえる」（掩体壕《えんたいごう》：飛行機を隠す壕のこと）

と訓練の厳しさがつづられている。

また、

「将集（将校集会所）の使役であった。帰りたい。よくまァこんなところにいて発狂しないことだ」

と訓練とは別の辛さにもふれている。

発狂寸前になったのであろうか、脱走した兵士の話も出てくる。

「木村と云う寝小便たれの四年兵がいなくなったので、そのソウサクであった」

捕まったとき、

「木村はハナをたらして、おびえていた」

という。三年以上も訓練を受けて、ついに我慢の限界だったのか。どんな厳罰を受けたのであろう。

ほかにも、

「対空射撃の演習」

「軍装検査」

「号令調整」

「土のう運び」

「タコつぼつくり」

等々の項目が次々と出てくる。

「軍歌演習」というのも毎晩であったようだ。大隊長が作った「滑空部隊の歌」というのがあり、毎晩歌う練習をさせられたそうである。部隊歌形式にうまく収まっており、割とよくできていたようだ。きっと正雄も歌ったのだろう。

ちなみに同じ西筑波で訓練を受けていた、「第一一七部隊」の歌は全歌詞が残っている。熊谷という見習士官の原案を、かの西条八十《さいじょうやそ》が作詞したという（「音なき翼」いなご会〔元滑空飛行第一戦隊隊員による手記「幻の滑空飛行第一戦隊」〕(34)から孫引き））。作曲はこちらも「椰子《やし》の実」で有名な大中寅二《おおなかとらじ》とある。

一　世紀の嵐　吹きすさび
大空戦の真中に
うぶ声挙げし空挺の
新鋭　空の奇襲隊
ああ我等百十七部隊

二　筑波を仰ぐ　ふるさとに
挺身兵の意気高し
鍛えし技は　闘魂は
御陵威《みいつ》に開く桜花
ああ我等百十七部隊

三　編隊　燦《さん》と雲を蹴り

太平洋を　大陸を
音無き翼　征くところ
凱歌はつねに我を待つ
ああ我等百十七部隊

四

五条の訓を畏《かしこ》みて
醜《しこ》の御楯《みたて》とこぞり立ち
生還帰せぬ益荒男《ますらお》の
見よ　殉忠《じゅんちゅう》の熱血を
ああ我等百十七部隊

この「第一一七部隊」は後に「挺進第五連隊」が「第一挺進集団」に改変された際に、「第一挺進飛行団」の「滑空飛行第一戦隊」となったようである。竹内浩三や正雄たちのフィリピン派兵時点では国内に温存された。「作岡保育所」にある記念碑はこの部隊のものである(43)。

歩兵大隊とはお隣であるから、彼らもこの部隊歌を耳にしたことがあるに違いなかろう。「筑波日記」(67)にはグライダー事故の記載もあった。このころ陸軍空挺部隊で主に使用されていたのは、「クー八」あるいは「クー八Ⅱ」というグライダー(27)であったが(図10)、「グライダーガ空中分解シテ、田ニオチテ、六人ノ兵隊ガ命ヲナクシタト云ウ。地中ニ一米入リコンデタト云ウ」と二月二日付けで書かれている。

図10　右：「クー８Ⅱ」グライダー（資料(27)より）
　　　左：落下傘部隊の装備（資料(16)より）

この記録は他の資料でも確認でき（1）、

「「ク」ー八に六名搭乗して訓練実施中に、制限速度を越したため翼が振動し、一部が欠損した。曳行機の後方監視員が曳行策を解脱したので、曳行機は無事だったが、滑空機は平衡を失して墜落、六名全員殉職した」

と書き残されてある。

いざというときに備えグライダー搭乗中は、

「ごちゃごちゃと、緑色のベルトのついている落下傘をつけた（67）」

そうだ。正雄も落下傘の練習をやったと供述している。歩兵たちに対する搭乗訓練では、

「滑空機搭乗のための体操や落下傘降下の教育を施した（75）」

という。


しかし「筑波日記」の中に出てくる、竹内浩三のグライダー練習の話は一回きりである。三月一日付けの日記に、

「生レテ、ハジメテノ、ボクノ空中飛行ガ始マル」

とあり、よほどの感激だったのか、「空ヲトンダ歌」を詠んでおり、

「ボクハ、空ヲトンダ　バスノヨウナグライダァデトンダ」

と始まる。筑波山はもとより、思いがけない方向に富士山も見えたそうだ。初飛行によほど感激したか、同日に
「コノ、カワイラシイ、ウツクシイ日本ノ風土ノ空ヲアメリカノ飛行機ハ飛ンデハナラヌ」

と彼にしては珍しいと思われる、アメリカへの敵愾心《てきがいしん》をあらわにした、昂《たかぶ》った印象の記述がある。

それにしてもいくら一般部隊からの転属組で、グライダーで降りたってからの地上戦闘展開力に主たる訓練眼目があるとはいえ、仮にも空挺隊員が配属後半年も経過してから初飛行とは、どういうことなのであろうか。

しかもその後七月二七日を最後にこの日記が中断するまで、竹内浩三が空を飛んだ話は一切出てこない。奇襲作戦の可能性がしぼみつつあった出征までの残り四ヶ月あまりの期間に、突然飛行訓練が増えたとも考えにくいので、第一一六部隊員でも一部の隊員にはほとんど、グライダーに搭乗する機会を与えられなかったと考えるのが妥当であろうか。

「滑空飛行部隊の整備がこれに伴はないので、空中機動の訓練は一部の者が体験した程度だった（41）」

「待望の搭乗訓練（75）」

といった表現がならぶ。

この「挺進第五連隊歩兵大隊」の一部は、昭和一九年（１９４４）三月末に、川南で養成されていた落下傘部隊との合同演習のため、はるばる九州宮崎まで出かけている。

「九州デ、朝香宮殿下ノ特命検閲ヲ受ケルコトニナリ、ソレニ、ウチノ中隊ガ参加スル。汽車デ三日カカルト云イ、ソノトキハ、グライダァデ九州一周ヲヤルノダト聞イテ、行キタク思ッテイタラ、ソノ編成ニモレタ。（67）」

と、演習参加を指名された中隊所属でありながら、竹内浩三は残念ながら編成に漏れたようであり、また後で登場する三嶋少尉も居残り組だったようだが、なんと正雄は幸いにしてこの遠征に参加していた。

「宮崎の高千穂部隊と演習した」

と詳細部分も合致する。

またこの汽車での三日間の道中、

「大阪駅でいっぺん汽車を降りて、今でもある梅田駅との間の通路で休憩したんや」

郷里大阪を空しく通り過ぎてゆく感慨が強かったのであろうか。きわめてはっきりとした記憶であった。

グライダーも落下傘（九二式同乗者用落下傘と思われる（41））も、持って行ったようである。

「九州デ使ウ落下傘ヲ、汽車ニツム使役デ、トラックニ落下傘ト一緒ニ乗ッテ北条マデイッタ」

と「筑波日記」三月一七日の記載にあり、また使用したグライダーであるが、

「「ク」―八、三機に重火器を搭載して長躯《ちょうく》宮崎まで参加（75）」

「第五聯隊の一部が「ク」―八三機に乗って参加した（41）」

と記載されている。実際に九州一周が行われたかどうかは不明であるが、飛行場以外のところにグライダーを着陸させたのは、この演習が最初で最後であったそうだ（41）。

挺進集団が夢見た、

「落下傘部隊が確保した地域に、後続の滑空部隊が着陸して戦闘に加入するという」、「大空挺作戦」の演習であった（1）。

筑波発は三月二〇日、帰還は四月五日とある（67）。

さてここまで空挺部隊の勇ましいことばかりあげたのだが、じつは竹内浩三は相当に運動が苦手であったらしく、中学時代からの複数の友人の評するところでは、

「運動会はいつもビリばかりだった」

「運動は何をやらせてもダメで（67）」

というかなりの運動音痴であった。「1500m走」では次の学年のレースが終わっても、まだゴールに達していなかったという珍事を引き起こしたそうである（67）。徴兵検査では「第二乙種合格」という状況であった

（「竹内浩三詩文集」(62))。第二補充兵役という位置づけである（「第一乙種合格」としている資料もある（「恋人の眼やひょんときゆるや」(21))。空挺部隊所属後も、二月一二日付けの体力検査の記録を見ると(67)、

百米　　十六秒
懸垂　　三回
千五百米　八分三十二秒
巾トビ　　三・三米

また別の日に測定した「手榴弾投げ」の記録は「十四米」(三月一二日)、「二十メートル」(五月二五日)だったそうで、正直いってどれもかなり低い水準である。小学校高学年生でも、もっと高い記録を出すだろう。ところが五月三〇日にはまた体力テストがあったそうであるが、「土ノウ運び」はちょっとズルをしたものの二番となり、それに勢い込んで

「次の百メートルも本気でやったら、十六人で四番になった」

とけっこううれしそうに書いてある。ほかにも似たような体力レベルの人が、それなりにいたのであろう。

こういった記載を見ると、

「全軍から簡抜《かんばつ》された」
「日本陸軍が誇る精鋭」

とは、実際にはどれくらいの体力レベル基準で構成されていたのか、と考えさせられてしまう。じつは正雄も「甲種合格」とはいえ、決してフィジカルエリートといったタイプではなく、むしろ運動がそれほど得意ではな

いほうに属していたと思うのである。世の中には「懸垂」が三〇回できるとか、「１５００ｍ走」を四分台で走るとか、「走り幅跳び」が６ｍくらいの人はざらにいるから、まとめて訓練させるほうもたいへんである。

何故竹内浩三や正雄はこの世界に呼び出されたのであろう。どのような意図や選考基準を持って「簡抜」が行われたのであろうか。

「現役の二、三年兵を中心に全国各地から集められた(75)」

そうだが、正雄はこの記述を裏付けるように、

「全国から選抜する空挺部隊員としておまえが選ばれた」

といった通告をこのとき上官から受けたという。いやおうなしという状況で、少なくとも自分から志願したわけではなさそうだ。選抜されたのは誇らしかったようだが、

「やっぱり大阪の兵隊はあかんわ。口ばっかりや」

と自嘲気味に、

「またも負けたか、八連隊」

をむし返すようなことをいっている。

「やっぱり九州のやつは根性があったな」

九州には本家の高千穂部隊もあった都合上、この地域から来たのは文字通り「簡抜された」兵士たちだったかもしれない。

一方、三重県での竹内浩三は、

「グライダー部隊なら、行軍《こうぐん》が少なかろうと思って入った」

と、いくつかの選択肢の中から消去法のような心持ちで、楽ができそうだと思ってこの部隊所属を希望したようなふしがある(21)。

いろんな都道府県で、いろんな事情があったのかもしれない。サボり上手な浩三さんもちょっと見通しを誤ったかね。

「筑波日記」にはのんびりした記載もある。当初は基本的に水曜日が休みの日であったと思われ、吉沼や、また小貝川を越えて宗道《そうどう》や下妻市内に遊びに行っていたようだ。吉沼には「十一屋」という旅館と本屋があり、竹内浩三はここでよく飯を食ったり、風呂に入れてもらったりしていた。つくば市役所が保管している「大穂町史」(39)には、出撃前に「十一屋」に残していった空挺隊員たちの寄せ書きの写真が掲載されている。

余談だが、その「十一屋書店」は現在も吉沼で営業している(15)。当時から二度ほど場所を移転したという話を、原さんとおっしゃる女性の方が電話に応対して話してくれた。先代はすでに亡くなり(「筑波日記」(67)に掲載されている原啓四郎さんと思われる)、書店と向かい合って建っていたという旅館もなくなったが、書店のほうは四人兄弟(長男、次男、長女、次女の順であったそうである)の末の娘である、ご本人が後を継いでいるとのことであった。お兄ちゃんはよく飛行場で遊んでいたとおっしゃっていた。ご本人はまだ小さかったため、グライダーの兵隊さんの記憶はまったくないらしい。

さて本項の最後として、ここからは竹内浩三と正雄の西筑波時代について新たに判明したいくつかの事柄を、調べていった順番にそって記載させて頂く。

竹内浩三はこのとき歩兵大隊の中で三つあった中隊のうち、「第二中隊」に所属していたそうである。この中隊長はたいそう怖い人だったようで、

「子供が軍隊を横切ったと云って、中隊長は刀を抜いて、子供を追っかけた。本気でやっているのである」

と「筑波日記」には記載されている。同資料ではその様子についても、

「中隊長ガ火ノヨウニ怒ッタ。怒ッテイルウチニ、マスマス腹ガ立ッテクルラシイ。ハジメト別ナコトデ怒リ出シテクル」

と、どうどう巡りとなる感情表現の様が、冷静に観察されている。怒りっぽい人の常とはいえ、かなり取り扱いの難しいタイプである。

この人物は大尉であったらしいが、

「かつて戦場で負った銃創のために脳神経をおかされている」

状態であったという(21)。ただこの記載部分には引用の補足がなかったので、念のため当時の「挺進第五連隊」で歩兵大隊長をしていた山本春一少佐が、部下の将校たちを評した発言が収録されている「新旧空挺部隊概史」(58)も直接参照したが、この中隊長の戦歴や負傷歴までは見当たらなかった。

もっともそもそも当初の空挺隊員というのはその任務特性ゆえか、乱暴者ぞろいだったという。同資料には、

「某軍曹は熊本幼年学校の生徒が欠礼したとて十何人か並べてぶん撲《なぐ》った」

とか、

「召集兵と口論し、留めに入った憲兵を撲った」

などといったエピソードがたくさん出てくる。

これなんかどうだろう。

「ある曹長が道端で犬が吠えたとて腹を立て、抜刀して犬を追い、遂に民家に切り込み婆さんが腰を抜かした」

案外、この中隊長も頭にケガなんかしなくても、そういった部類の人だったかもしれず、この描写たるやまさしくご本人のことかとも思えるのだ。体一つで上空から敵のまっただ中に舞い降り、一騎当千《いっきとうせん》よろしく相手を蹴散らしてゆかねばならぬ猛者たちである。博徒や鳶職めいた少々の武勇伝など大目に見てやるような風潮も、特に九州ではあったのだろう。

さてこの大尉は当時の将校宿舎であろうか、飛行場近辺の安食（あじき）というところに住んでおり、奥さんが有名な女優（高峰三枝子）そっくりという噂であった(67)。怒り出したら手のつけられない将校と美しい奥方の取り合わせである。是非見てやろうと「いきごんで」(67)、公用で家まで行った竹内浩三が実際に会ってみると、奥さんは、ごくろうさんという意味かアメダマをくれたものの、

「十人並みであった」

と、なんとも人を食った、こんなときでも女性好きの浩三さんである。

一方、正雄の記憶では中隊長は妹尾（せお）という人だったそうで、漢字までしっかり説明してくれた。「せのう」とは読まないとも。

「パレンバンにも参加して帰ってきた、大変怖い方だった」

「中隊長はふつうは中尉なんやけど、この方はパレンバンの功績があったんで大尉やった。パレンバンでも中隊長やっとたらしい」

「わしらの中隊は「妹尾部隊」と呼ばれていた」

などと述懐している。ただし第何中隊かは記憶になかった。

そこでちょっと、先ほどのことが気になって聞いてみたのだ。

「その人って、どっかケガしたりしてへんかったか」

「あぁ、そういうたらなんかパレンバンで頭をケガしたんか、ちょっと気ぃ狂うてるみたいなとこあったな。ようアホなことというとった」

先ほどの記載を見た後での質問であったから、何らかのバイアスがかかっていると思われても仕方がないと思う。でも、確かに正雄のほうからこれを言った。そして、あまりに一致した描写にびっくりしたのである。

ちょっとできすぎではないか。こんな状況証拠だけで同一人物と判断していいものかどうか。

ところがついに先日、決定的な記述を目にすることになったのである。

このとき「第二中隊」の第二小隊長をしていた三嶋与四治（みしま・よしはる）少尉が、後ほど詳述するフィリピン派兵に際して、部隊が再編成された背景についてふれている資料があったのだ（「我等クラークに死せず（遺稿）」(75)）。

それまでの「第一一六部隊」を、「滑空歩兵第一連隊」と「滑空歩兵第二連隊」に分割するに当たって先述の山本春一歩兵大隊長が、

「動員が下ったとき、戦場で役に立ちそうもない将校は全部編成から外しました(58)」

と述べているのだが、それをかばうかのように、

「わが第二中隊は、中隊長の妹尾大尉（陸士53期）はパレンバンでの頭部の負傷の回復が充分でなく残留(75)」

と説明していたのである。この歴戦の勇者たる上官に関する簡潔にして思いやりにあふれた記載が、すべてを物語っていた。

ご本人の性状や、その原因ともなったであろう戦場経験に由来する傷病に関する点、その戦場がパレンバンであったという点、そして大尉であったという点のすべてにおいて、竹内浩三が書き残した中隊長の描写と、小林察が著書「恋人の眼やひょんと消えるや」(21)で記述していること、三嶋小隊長の記載(75)、そして正雄の記憶が、もののみごとに符合したのであった。

補足として、山本春一大隊長は西筑波での訓練時代のことをふりかえり、大尉であったある中隊長に関して次のような供述をしている。

「中隊長は小隊長になったつもりでやれと要求したのに対し、我々の同期生は他の部隊ではもう大隊長までやっている、それを小隊長とは馬鹿にするなというようなことを、部下の前で言った(58)」

いかにも中隊に自分の名を冠して呼ばせるような勢いである。しかしこの発言が、三人のうちどの中隊長を指したものであるかは、もちろん明らかではない。

三嶋与四治少尉の名は、これまで小林察が作成した竹内浩三の年譜や作品の解説などで、繰り返し引用されている。竹内浩三は「第二中隊」の中でもさらに、三嶋隊長の「第二小隊」に所属していたのである。浩三の西筑波時代を詳しく知るこの人の証言があるからこそ、彼を取り巻く当時の事情が残されているといえるだろう。

「筑波日記」にも何度もその名が登場しており、そして

「三嶋少尉トワイ談ヲシタ」

ことをわざわざ記載しているほど、将校と一兵卒との関係以上に、お互いに親しみを感じたであろう相手である(21)。

三嶋与四治は大正一〇年(１９２１)福井県小浜の生まれで、正雄や浩三と同い年であるが大学の入学は一浪した浩三より一年前になる。昭和一六年(１９４１)一二月に、早稲田大学政経学部を三ヶ月の繰り上げ卒業となった。ちなみに浩三は翌年の昭和一七年に、六ヶ月の繰り上げで九月に卒業している。松竹株式会社に入社したのもつかの間、翌一七年(１９４２)二月に、福井県敦賀(つるが)市にあった敦賀連隊に入営した(21)。正雄より二ヶ月、浩三より七ヶ月早い入隊ということになる。

そして見習士官として浩三と同時に西筑波に転属してきた。このとき一緒にいたのは京都師団に属する敦賀、京都、そして浩三が所属していた久居の各部隊出身者で、総勢百数十名が筑波線常陸北條駅前の伊勢屋旅館に宿泊したという(21)。このとき三嶋は隊員に号令をかけており、浩三は一等兵として訓練される側にいた。同い年でどちらも大学卒にしてこの大きな立場の違いは、筑波からルソンへの経緯の間もずっと続くのであるが、この微妙な関係について浩三は、三嶋への親近感と自虐的ユーモアを込めてか、「筑波日記」(67)で以下のように書

き記している。

「風呂ニモ行カズ、火ニ当リナガラ三島少尉トハナシヲシテイタ。三島少尉ノ口ハ大キクテ紅ク、ヨダレガ絶エズソレヲウルオシテイル。兵隊ニハナク将校ニアル特権ヲ、ボクノ前デフリマワシタガル」（四月一五日）。

この三嶋与四治は、フィリピン派兵時点では「滑空歩兵第二連隊」に配属となり、後述するクラークでの絶望的な戦闘の末、奇跡的に生き残って復員している。

この人が還暦を迎えた1981年に、自身の戦記を書き留めておいた原稿が没後に遺族の方により発見され、2004年に自費出版として制作されたのが、先般から何度も引用している「我等クラークに死せず（遺稿）」(75)である。

さて正雄と竹内浩三が、同じ中隊であったことが確実と判明したからには、その妹尾大尉も例の写真に写っているに違いない。そこで、もしかしたら中隊長の顔は見たらわかるかね、と先日父に無理を承知で聞いてみた。

「うーん、でも多分その写真には三嶋少尉や中村中尉も写っとるはずやから、拡大してくれたら、みんなの顔もわかるかもしれん」

といったのには、本当に、本当にまたもびっくりした。

「えぇ、お父さん何で三嶋少尉のこと知っとんのん」

などと、とんちんかんなリアクションになってしまった。

それまで三嶋少尉の名を私から話したことはなかったはずである。知りたかったのは竹内浩三の描写する中隊長と、父が記憶する妹尾中隊長が同一人物かどうかだけだったので、その会話しかしていない。にもかかわらず別の意味で重要なキーパーソン三嶋少尉の名前が、またもいきなり父の古い記憶から飛び出してこようとは。

もっともこの驚きは私の勝手な事情によるもので、正雄にとっては妹尾大尉と同じく、当時の上官の名前を覚えていただけのことではあるが。ちょっと、きょとんとしていた。ちなみに中村中尉とは中隊長の代理補佐役のような立場の人だったそうである。

もしかしたら正雄も竹内浩三と同じ三嶋少尉の小隊に所属していたのか、といきごんで聞いてみたのだが、そこはあっさり否定していた。正雄は大阪の「中部第二二部隊」時代から「軽機関銃小隊」で訓練を受けてきており、筑波でもその担当小隊であったそうだ。一方竹内浩三の所属した小隊であるが、

「三嶋少尉は、みずから重機関銃の操作を指導していたが、その中に一風変わった一等兵がいて、それが竹内浩三だった(21)」

図11 「後列左から三人目。ひときわ大きい」(三嶋与四治氏のことを指している「我等クラークに死せず(遺稿)」(75)5ページより転載;注釈は原典のまま)中村中尉は後列左から5人目である

と、二人とも重機関銃の担当であり、同じ中隊内でもやや分野が異なっていたようである。

もう一つ驚愕《きょうがく》したことがある。先述した「我等クラークに死せず(遺稿)」(75)の巻頭には、三嶋氏の思い出の写真集が一二ページにわたって編集されているのであるが、そこに正雄が大事にしていた富士山を背景にした例の部隊写真が、まさしくまったく同じ写真が掲載されていたのである。

思わず息をのんだ。

―三嶋さんも大事に保存してきたのだ。ご家族にも見せてきたに違いない

しばらくは凍り付くような思いであった。どうしてこんな今頃になって、こんなたくさんのことがつながってくるのか。

しかもこの写真には続きがあった。この「歩兵大隊第二中

隊」の担当将校・下士官たちだけで写したのであろう写真も、全体写真の次に収録されていたのである（図11）。

極めて明確に顔立ちが確認できるものであり、また配列からどなたが中隊長であるかも、一目瞭然であろう。正雄にも確認し同じ答えを得た。

何故かずっと気にかかり、どうしても知りたいと思って進めてきた歩兵大隊第二中隊長の人物像に関する調査は、ここに一応の区切りを得たのだろうと思えた。しかし本当にこれでよかったのだろうかという懸念と、それに引き続いて悔悛《かいしゅん》の気持ちが同時に生じてきたのであった。

思えば浩三が「筑波日記」で三嶋少尉の名前は一〇回以上も書いている一方で、何度も中隊長の批判的記述をしている割にはその実名を一度も書き残していないのは、彼の優しさの発露であったようにも感じたのである。かの歴史的戦闘で奮戦し、不幸にも後遺症を得た先達への敬意ゆえか武士の情けなのか。

正雄が今も記憶している中隊長の名前を、竹内浩三が知らなかったわけがない。

執念深く名前や顔まで追いかけた己れの非情さを、三嶋さんや竹内さんの優しい心根が合わせ鏡のように写しだし、そっと気づかせてくれたのに違いなかろう。

しかし十二分に時が満ちて、いろんなことが明らかになっていい。妹尾さんも昔話と笑って懐かしんでくださろう。そういう日がやってきたのだとも思う。

## フィリピン派兵

正雄や竹内浩三の西筑波での訓練が、一年あまり経過した昭和一九年（１９４４）一一月、「挺進第五連隊」の再編が行われた（7）。この頃には戦局はかなり悪化しており、この年の七月にサイパン島玉砕、一〇月にはフィリピンのレイテ島に米軍が上陸している。

もともと奇襲攻撃作戦を想定して作られている空挺部隊は、宮崎の落下傘部隊、筑波のグライダー部隊ともに、防衛戦がつづく中では出撃の機会がなかった。正雄もこの頃のことを、

「空挺部隊は用なしや」

と表現している。

マリアナ諸島も陥落し、いよいよフィリピン決戦、さらには本土決戦を覚悟するといった状況になっていたのである。こういった戦況は兵士たちにもうわさ話として伝わっていたようで、浩三は「筑波日記」の七月二二日付けで、

「ところで、話はかはるが、サイパンがやられ東條内閣がやめになった」

と記載している。

「そんなときに、精鋭で固めた空挺部隊をあそばせておく訳にはいきません。そうして、フィリピン決戦に空挺隊は次々に投入されることになります（47）」

このような背景をもとに、陸軍空挺部隊は「第一挺進集団」の中にまとめられた。編成完結は一一月三〇日と

ある。このとき集団長には、挺進練習部長だった塚田利喜智少将がそのまま着任した。陸軍空挺部隊を結集した師団級の組織であったが、師団ほどの人数が集まらなかったので「集団」という名称となったそうである（21）。所属した各部隊を一覧すると（『陸軍空挺部隊略史』（42）より）矢印の注釈は著者が加筆した）、

集団長・・・塚田利喜智少将

第一挺進集団

◆第一挺進団

挺進第一聯《れん》隊

挺進第二聯隊

第一挺進戦車隊

第一挺進整備隊

◆第二挺進団　↓第三、第四聯隊ともレイテ出撃

挺進第三聯隊

挺進第四聯隊

◆第一挺進飛行団

挺進飛行第一戦隊　↓レイテ出撃

挺進飛行第二戦隊　↓第一中隊がレイテ出撃

滑空飛行第一戦隊

第一挺進飛行団通信隊

◆滑空歩兵第一聯隊　↓第一中隊と作業中隊を除き「雲龍」でルソン出撃

↓第一中隊と作業中隊は「タマ三八船団」でルソン出撃

◆滑空歩兵第二聯隊
↓「タマ三八船団」でルソン出撃

◆第一挺進通信隊
↓1中隊が「雲龍」でルソン出撃

↓主力は「タマ三八船団」でルソン出撃

◆第一挺進工兵隊
↓2中隊のうち1中隊が「雲龍」でルソン出撃

↓もう1つの中隊は「タマ三八船団」でルソン出撃

◆第一挺進機関砲隊
↓「タマ三八船団」でルソン出撃

◆第一〇一飛行場中隊

◆第一〇二飛行場中隊

◆第一〇三飛行場中隊

矢印の注釈はその後三回に分散したフィリピン出撃経緯を示している。
赤は第一陣として空母「隼鷹」などでレイテに出撃
紫は第二陣として空母「雲龍」でルソンに出撃
緑は第三陣として「タマ三八船団」でルソンに出撃
である。

注釈矢印のない隊はフィリピンには派兵されず、残留部隊として内地待機となり、その後沖縄空挺戦などの基幹部隊として奮戦することになる。
「第一挺進集団」という大きなくくりの中に、「第一挺進団」、「第二挺進団」などが所属しているので、ややわかりづらい。

もともと西筑波で養成されてきたグライダー「搭乗」隊員は、「挺進第五連隊」の「東部第一一六部隊」所属であったのだが、このときの再編で「滑空歩兵第一連隊」と「滑空歩兵第二連隊」に分けられている。しかしこの資料(42)ではそれぞれの連隊の内訳しか記載がなく、

中隊（158人）×2
作業中隊（158人）
速射砲中隊（158人）
山砲中隊（180人）

とあり、本部の三八名を加え総勢八四八名、その他通信班五九名も加わった、とのみ説明している。したがってこの際どのように「第一連隊」と「第二連隊」を分けたのかは不明であるが、
—正雄はこのとき、「滑空歩兵第一連隊」の「第一中隊」に所属した
と考えられるのである。その判断理由は後で述べる。

さて第一陣としてフィリピンに向かったのは、宮崎は川南の落下傘部隊が所属する「第二挺進団」を主戦力とする部隊であった。これは「第一挺進集団」の一部という位置づけなのだが、早めに旅団級で結成され、先鋒としてすでにアメリカ軍が上陸しているレイテ島へ派遣された。このときも「高千穂」という秘匿名称が使われたこの組織は、

団長・・・徳永賢治大佐
挺進第三聯隊（香取）　聯隊長・・・白井恒春少佐
挺進第四聯隊（鹿島）　聯隊長・・・斉田治作少佐
挺進飛行第一戦隊（霧島）　戦隊長・・・新原季人中佐
挺進飛行第二戦隊第一中隊（阿蘇）中隊長・・・三浦浩大尉

というものであった(61)。それぞれの隊にも秘匿名称が与えられていた。

このうち先発隊は「挺進第三連隊」で、一〇月二四日に宮崎を出て佐世保から空母「隼鷹」で出撃。一日遅れで「挺進第四連隊」が、また「挺進飛行第一戦隊」は一一月五日に後を追った。いったんはまだ米軍の上陸していなかったルソン島南サンフェルナンドに集結し、その後「高千穂空挺隊」はレイテ島のブラウエン飛行場で、空挺降下作戦を成功させたのである。空挺部隊の面目をようやく示すものであったろう。

しかしその後、作戦連動の不手際もあり、補給を断たれ、凄惨な戦いを余儀なくされる。

「戦闘の経過は、将兵の敢闘空しく敵の圧倒的な阻止火力に阻まれる結果となり、事後の空挺部隊は地上軍と合流して終戦まで辛酸を嘗《な》めつつ、強力な米軍を相手に不屈・壮絶な地上戦を展開している(65)」

といった具合であった。

「第二挺進団」がレイテ島で苦戦している中、「第一挺進集団」の他の部隊にも出撃命令が下ることになる。集団長の塚田少将が、「第二挺進団」のみ戦わせるわけにはいかないと、防御が手薄だったルソン島での決戦参加を、強引に具申したとされる(21)(47)。出撃命令が下された隊は、

集団長・・・塚田利喜智少将
滑空歩兵第一聯隊　聯隊長・・・多田仁三少佐（山本春一少佐後任）
滑空歩兵第二聯隊　聯隊長・・・高屋三郎少佐
第一挺進通信隊　隊長　・・・坂上久義大尉
第一挺進工兵隊　隊長　・・・福本留一少佐
第一挺進機関砲隊　隊長　・・・田村和雄大尉

という構成であり（47）、出撃に当たり「第四航空軍」の序列に入った。ちなみに内地待機となった残りの各隊は「第一航空軍」の序列となった。

いよいよ正雄たちにも死地に向かう日が迫っていたのである。

竹内浩三が西筑波を発ったのは、一二月五日あたりではなかったかと推測されている（「恋人の眼やひょんと消ゆるや」（21））。このときには浩三、正雄とも上等兵に昇格していた。「滑空歩兵第一連隊」は通称「鸞（らん）第一九〇四五部隊」と呼ばれていたようだが、正雄の代理として入手できた留守名簿では内地除隊が一二月六日となっており、ほぼ一致を見せる（「滑空歩兵第一聯隊鸞第一九〇四五部隊留守名簿」（17））。

また「第一挺進集団」改編前に竹内浩三の小隊長であった、前述の三嶋与四治はこのとき中尉として「滑空歩兵第二連隊」に配属されたが、「第一連隊」にやや遅れて一二月八日に筑波を発った（21）という（同氏には一二月八日は動員下令の日であったという記載もある（75））。筑波鉄道に軍用列車を乗り入れ、山手線を一周して列車内で二泊して門司に向かったそうだ。

「滑空歩兵第一聯隊は一足先に出発し、宇品から航空母艦で出航と聞いて一同羨《うらや》ましく思ったものです」

と述懐している(75)。

正雄はこの出征時に限らず、移動の時はほとんど、

「いっつも窓もない貨物列車に乗せられて移動した。ぎゅうぎゅうづめで、みんな床に座ったままや」

と記憶している。

「小便も行かれへん。行って帰ってきたら座るとこがあらへん」

と、かなり過酷な取り扱いであったようである。

「どこの戦場に行かされるのかも、教えてもらわれへんかった」

という。

わからないながらも、あるいはわからないからこそなおさらなのか、正雄たちはこれが生きて故国の地を踏むことのできる最後であろうと覚悟した。

浩三も、もはや現実として避けようがない出征への覚悟と、依然として強烈に持ち続けている戦争への嫌悪を込めてか、「筑波日記」に以下のように書き残している(六月八日付)。

ぼくのねがいは
戦争へ行くこと
ぼくのねがいは
戦争をかくこと
戦争をえがくこと
ぼくがみて、ぼくの手で
戦争をかきたい。

そのためなら、銃身の重みが、ケイ骨をくだくまで歩みもしようし、死ぬることすらさえ、いといはせぬ。
一片の紙とエンピツをあたえよ。
ぼくは、ぼくの手で、
戦争を、ぼくの戦争がかきたい。

おそらく浩三は、実際にルソンでこのことを行っていたであろう。しかしながらその思いは、誰にも伝えられることがなかった。部隊の末端兵士たちは、西筑波の空挺団に所属してからほとんど故郷に帰ることを認められておらず（注：正雄は一度も帰っていないと話すが、竹内浩三はかなり初期である１９４３年の一二月に、三日間の休みをもらって帰ることができたようである（67））、さらに動員が下命されてからは肉親に手紙を書くことすら許されていなかった。竹内浩三の姉こうも終戦後に至るまで、浩三がどこに派兵されたかもわからずじまいで、昭和二三年に郷里に届いた彼の戦死公報で、ようやくフィリピンという最期の地を聞いたという。

このあたりの状況は各部隊によって多少違っていたかもしれず、後でふれる「第一挺進工兵隊（この隊は宮崎で訓練を受けていた）」の松山兵長などは、

「出発前に最後の便りも書きました」

と供述している（76）。ただし、

「元気でご奉公しています。ご安心下さい。銃後の守りはお願いしますと書いたのみ」

虎の子の挺進部隊の動向は軍の重要機密であり、手紙を書けた兵士たちにも厳重な箝口令《かんこうれい》や検閲《けんえつ》があったのであろう。「戦争をかきたい」などと手紙で書いたりすれば、えらいことである。

正雄はこの出発のとき、母宛ての手紙を準備した。

どこかで投函できる当てがあるはずもない。切手も貼っていない封筒にしたためた。どこの戦場で朽ち果てる

かもわからぬが、今生の別れを母シヨに告げたかったのであろうか。

道中汽車が突然停車したという。どこのどこやらもわからぬ。ぎゅうぎゅうづめの中から何とか外をうかがった。

「何人かのオバハンが線路を掃除しとったんや」

ここで託すしかない、と正雄は思ったのだろう。しかし上官はもとより仲間の兵士に知られては大変なことになる。

「ちょうど床に隙間があったんで、そこから外に出るように手紙を足で蹴飛ばして落とした」

一世一代の賭であったが、駄目で元々である。しかし、

「オバハンが拾うてくれて、懐にしまうのが見えたんや」

線路のお掃除にかり出されていた女性たちは、貨物列車からひらひらと舞い落ちた手紙らしきものを見ただけで、若き一兵士のふるさとへの思いを、瞬時に理解してくれたのであろう。切手も貼ってくれたのであろうか、無事シヨのもとに届いていたそうであった。

昭和一九年（１９４４）一二月一七日。

「第一挺進集団」の主力を乗せた最新鋭空母「雲龍」(26)(72)が、ルソン島に向けて広島の宇品を出港(1)(43)(67)（呉としている資料もある(29)）。正雄と浩三が所属していた「滑空歩兵第一連隊」の大部分、「第一挺進通信隊」、「第一挺進工兵隊」の一つの中隊などが「雲龍」に乗り組んでいた(16)。ちなみに先にレイテ島に投入された「第二挺進団」もやはり空母である「隼鷹」で戦場に向かっているのだが、

「この時点で既に空母に載せる艦載機戦力は枯渇して、輸送船の代わりに使われていた」のだそうである(47)。

一二月一九日。

台湾沖（東シナ海海上160キロ沖）を航行中の一九日夕刻、米潜水艦「レッドフィッシュ」から放たれた魚雷が「雲龍」を襲った。最初の二発は右舷《げん》に、そして三発目が艦底の弾薬庫に命中、第一撃からわずか二〇分、一六時五七分に「雲龍」は沈没した。3000名ほどいたと思われる乗艦者のうち生存者は142名（「空母雲龍」(28)）。空挺隊員はほぼ全滅し救助されたのはわずかに数名（「ああ純白の花負いて」(1)）（三名〜五名という資料もある（「滑空歩兵部隊」(16)、「空挺部隊年表」(30)）であったという。

「日本陸軍が誇る精鋭グライダー部隊の主力は、戦場を目の前にして海へと沈んだのです(16)」

さぞや無念であったろう。

ところが、このとき何故か正雄も竹内浩三も、三嶋たち第二連隊の兵士たちが「うらやましい」と思っていた「雲龍」には、乗船していなかったのである。

所属していた「滑空歩兵第一連隊」は大部分が「雲龍」で運ばれたのだが、館四郎大尉（少19期）が隊長をつとめる「第一中隊」と、戸田大尉（55期）が隊長の「作業中隊」(58)の二個中隊だけがこの空母に乗艦せず、後発部隊である「滑空歩兵第二連隊」と合流して門司から出港することになったようである。こんな記載がある。

「館大尉率いるこの中隊は、雲竜に乗艦していなかったため、滑歩一の中で、唯一戦力としてルソンに上陸することのできた中隊でした(47)」

正雄も竹内浩三と一緒に、この「館中隊」に所属していたのではないか。西筑波の時の中隊は「妹尾部隊」であったが、

「ルソンに行ったときは違う中隊長」

という。名前は忘れているようである。

大きな運命の分かれ道がここにもあったのだが、なぜこの二個中隊だけが西筑波飛行場から広島ではなく福岡に向かい、遅れて出港したのだろうか。

竹内浩三の年譜（67）によれば、

「竹内の中隊は積み残される」

とある。「雲龍」には宇品に集結したすべての部隊を収容できなかったようである（21）。そこで急いで門司に移動し、「滑空歩兵第二連隊」と合流した。

正雄も浩三もまさに偶然の産物によって、ここで命をひろったのである。


「雲龍」が撃沈された同一二月一九日（10）（13）。

やはり夕刻（「悲運の戦時日本商船（12）」（11））。「モタ三八」と名づけられた船団が門司港を出港（「我等クラークに死せず（遺稿）」（75）では二〇日、「ああ純白の花負いて」（1）では二一日と記載されている）。

「陸軍特殊船三隻と貨物船およびタンカー各一隻で構成された。この五隻のうちわけは、

「神州丸」（陸軍省特殊輸送船）
「吉備津丸」（日本郵船委託運航の陸軍特殊輸送船）
「日向丸」（日本汽船委託運航の陸軍特殊輸送船）
「青葉山丸」（三井物産の在来型貨物船）
「せりあ丸」（三菱汽船のタンカー）

であった。

「いづれも一〇〇〇〇トン前後の高速重武装の陸軍残存輸送船団の主力で、海防艦六隻に護衛されて（「ルソン島の日本陸軍空挺部隊」（47））」

まずは台湾の高尾に向かった。この護衛には練習巡洋艦・香椎（かしい）を含んでいる資料もある（「悲運の戦時日本商船（12）」（11））。旗艦「香椎」以下の護衛艦は海防艦「対馬」、「大東」、「鵜来」、「二三号」、「二七号」、「五一号」の六隻。計七隻で「第一〇一戦隊」（隊長：渋谷紫郎少将）を構成して重要な船団の護衛に当たったという（「香椎（練習巡洋艦）」（19））。

またこの船団の名称に関する記録にはやや不一致があり、資料によっては「タマ三八」と記載されていたり（「ルソン島の日本陸軍空挺部隊」（47））、「モタ三八」とも書かれている（「悲運の戦時日本商船（12）」（11））。いくつかの資料（11）（13）（20）によれば、「門司―高尾」の航路には「モタ三八船団」と呼称し、「高尾―マニラ」航路には「タマ三八船団」と呼ぶなど使い分けられている。また「モタ」は「門司―高尾」、「タマ」は「高尾―マニラ」の頭文字を取った略称であったとする説明もあり（51）、一応のつじつまがあう。

この船団では、もともとルソン島防衛にあたる「陸軍第一九師団」の主力が輸送されることになっていたのだが、

「急に歩兵三個大隊を下船させ、代わりに第一挺進集団（通称号「鸞（らん）」）の滑空第二連隊が乗船することになった。これは先に南方に輸送した同第一連隊が輸送の途中で海没したためである（60）」

とある。そして「第一挺進集団」の兵士たちは、「日向丸」と「青葉山丸」に分かれて乗船した。三嶋少尉たちの「滑空歩兵第二連隊」と「第一挺進機関砲隊」、「第一挺進工兵隊」の主力、「第一挺進通信隊」の主力などであった。竹内浩三や正雄たちの「滑空歩兵第一連隊」の残余とされる二個中隊である、「第一中隊（中隊長館四郎大尉）」と「作業中隊」もこれに乗り組んだ（1）（41）。

両艦への振り分けをどのようにしたのかは不明であるが、正雄は

「青葉山丸に乗った」

とはっきり記憶している（図12）。

「青葉山丸」は陸軍輸送船として、なかなか重宝されていたようである（2）。昭和一〇年（１９３５）に建造された貨物船（在来型）で、その要目は長さ１３７m、幅19m、主機ディーゼル８３００馬力、最高速力18・５ノット、総トン数８８１１トンであった。

図12　上：撃沈された空母「雲龍」（再生写真）（資料(26)より）
下：正雄たちが乗船した「青葉山丸」（資料(2)より）

昭和一七年（１９４２）七月には
「二六〇〇人を満載」

昭和一九年（１９４４）四月には
「三一〇〇人と各種一般兵器、重火器、弾薬、糧秣を満載」

して輸送をおこなったそうで、いつも満載で兵士や兵器、食料を運んできた。

このときの輸送状態も正雄たちは船倉に詰め込まれ、

「脚も伸ばせんかった」

と回想しているから、またも「ぎゅうぎゅうづめ」にさせられたようだ。何せこちらも「貨物」船である。

この船団はまっすぐフィリピンには向かわず、朝鮮半島西岸沿いに仁川から山東半島、舟山列島を経由する大陸沿岸迂回ルートを航行していった(11)。このとき「雲龍」撃沈の知らせは陸軍上層部には当然届いていたであろうから、慎重にも慎重に安全な航路を選んだのであろう。

「航行中、敵潜水艦に追われ、南支那海を香港近くまで大廻り」

と三嶋与四治は記している(75)。正雄も、

「えらい回り道をした」

と回想する。また、

「海がまっ茶っ茶やった」

ずいぶんとリアルな記憶である。時折トイレに行くついでに、甲板に出て海を見ていたという。なにしろ黄海をひとまわりである。黄河や揚子江の河口付近をずっと通ったのであろう。そして一二月二三日朝に全船無事に台湾の高雄に到着(60)。福岡から台湾まで足かけ四日かけて沿岸を航行したのである。

台湾に一時寄港したらしいというのも、正雄たちにわかったようである。

「人夫が船に天秤棒で砂糖を運び入れとったんで、あぁここは台湾かなと」

直感的に思ったそうだ。出発地が門司だったのは、まったくわからなかったようであるから、よほど特徴的だったのだろうか。

ここまで同行したタンカー「せりあ丸」は、ここからさらに多数のタンカーを加えて別航路を取り、先述の「第一〇一戦隊」の護衛でさらに大陸沿岸浅海航路を航行して、翌昭和二〇年(1945)一月七日、シンガポールに無事到着した。南方戦線に貴重な17000トンの航空機燃料を供給したとされる(57)。

このときの「せりあ丸」を中心とするタンカー船団には、「ヒ八五船団」という名称が使われている。門司―高尾間はまとめて「モタ三八船団」、そしてここから分かれてフィリピンに向かったのが「タマ三八船団」、シンガポールに向かったのが「ヒ八五船団」と、呼称されたと解釈するのが妥当であろうか。

このとき高尾で、三嶋中尉は「雲龍」に乗船していたはずの「滑空歩兵第一連隊」の坂井大尉、ならびに「第一挺進工兵隊」の松山兵長と遭遇している(75)。

「どうしたのか」

と聞いたというから、三嶋も知らなかったのだ。すなわち尉官クラスの将校でも「雲龍」撃沈の知らせは聞かされていなかったことになる。

坂井大尉によれば、「雲龍」轟沈の際には甲板にいて海中に投げ出され、護衛の駆逐艦まで新調の長靴のまま泳ぎ着いたとのことであった。この坂井大尉は福井中学で有名な水泳選手だったそうだ(75)。「第一挺進集団」の生存者はこの他に工兵隊員がもう一名(梶原栄太郎)がいたと、戦後に書かれた松山宗正氏自身の手による資料が残っている(「私の真実敗戦記」(76))。

さて「滑空歩兵第二連隊」の三嶋中尉や、「滑空歩兵第一連隊」の竹内浩三や正雄たちを乗せた「タマ三八船団」一行は、一二月二七日午前三時(53)高雄を出発した。このとき「雲龍」撃沈のときにかろうじて生き残った松山兵長と梶原工兵隊員(階級不詳)も、工兵隊主力と合流して「日向丸」に乗り組んだという。高雄で二人に会った第一挺進工兵隊長の福本留一大佐は、

「君達は我々について来なくてよい」

といったのだが、

「私達も比島に渡る任務なので何とか部隊に入れて頂きたい」

と頼み込んだそうである(76)。すさまじい覚悟であり、当時の空挺隊員たちが一兵士に至るまで、いかに高い士気を持っていたかを如実に表していよう。せっかく一度拾った命をまたも捧げようというのである。またこのときもう一人の生き残りである坂井大尉に関しても、

「坂井大尉は残務整理があるからと、台湾に残られ（75）」と三嶋与四治は書いているが、彼もやはりその後に部下たちの後を追って、ルソンに向かった可能性が高い。

「ああ純白の花負いて」（1）には、

「某大尉（名前不詳）以下数名が救助されて台湾に上陸したが、その大尉は比島に行く飛行機に便乗して、彼の地に渡ったというが、その後の消息は不明である」

と記されている。

ここからの護衛は「海防艦・三宅」、「能美」、「第一三八号」の三隻であり、米軍の戦闘爆撃機や潜水艦を警戒しながら、ルソン島に向かった（11）。この頃バシー海峡（44）からルソン海峡（11）を抜けるのは、大変な危険が伴っていた。

「厳重な警戒の下でルソン海峡の島陰で適宜避泊を行いながら」

ゆっくり進んでいったようである。折からの荒天で（60）、バシー海峡を二列四隻で進む船団は大揺れした。正雄も、

「えらい波の荒い海やった」

「玄界灘なんか比べものにならん」

と回想している。監視兵は甲板上の手すりに自分の体を結びつけて、荒れる水面を注視していた（60）。途中バタン島に停泊するなどして万全を期し、

「無事にルソン島北部の北サンフェルナンドに着いたのはほとんど奇跡的だった（10）」

「天佑神助《てんゆうしんじょ》であり、奇跡というほかない（60）」

まだ夕日の残る南国の午後七時であった（図13）。

そもそもこの船団は、

「高尾港からマニラ港に向けて兵員、物資を運ぶ予定になっていたのだが（60）」

「沈没艦船が多くてマニラ湾へ入れないので北サンフェルナンドに変えた」

ことが幸いしたとされている（10）。なるほど「タマ」であるから、当初は高雄からマニラを目指していたのかもしれない。ルソン島における日本軍飛行場の拠点は、マニラの北西約60キロのところに位置する、アンヘレス市のクラーク地区にある基地であった。そして当時この場所を拠点としていた「第四航空軍」の隷下《れいか》として動員

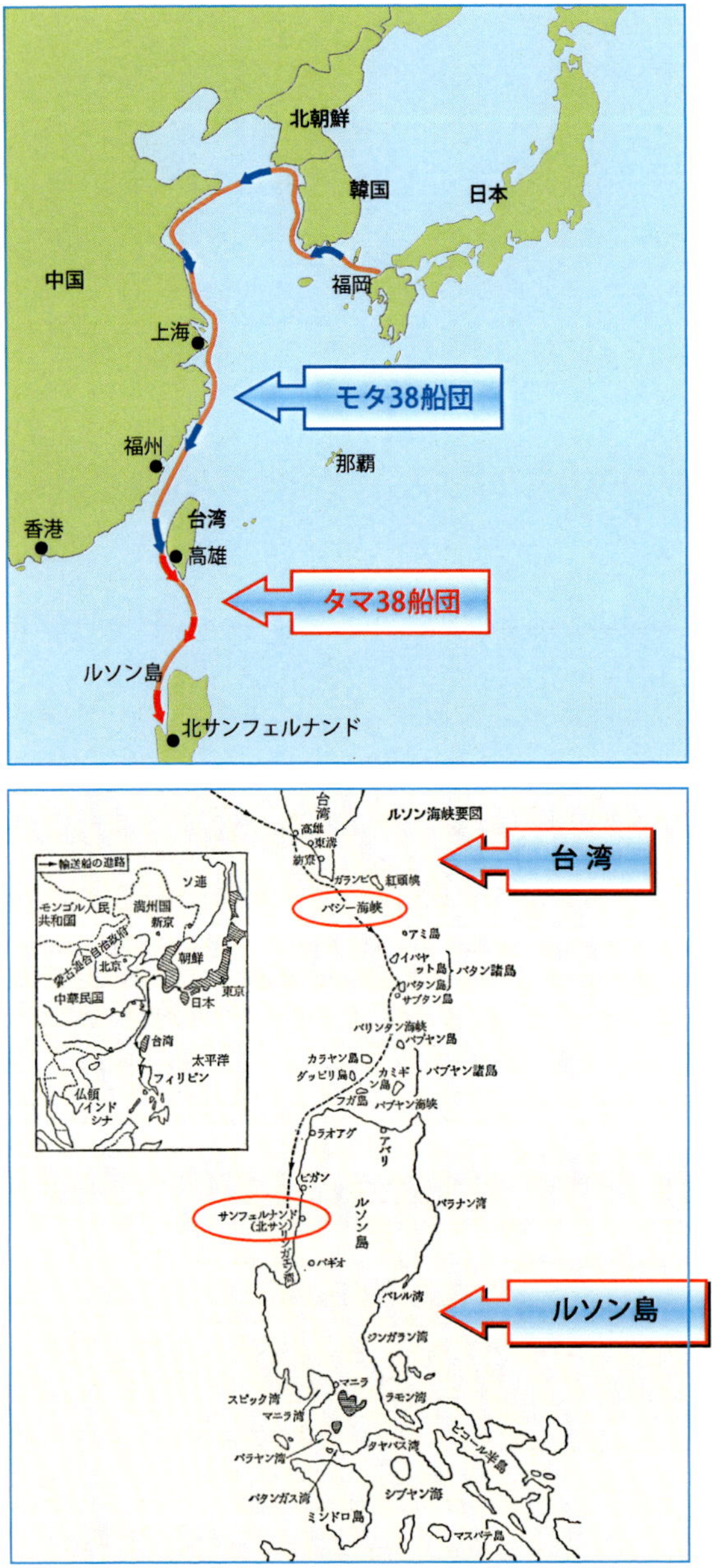


図13　上：ルソン島までの航路
　　　下：台湾とルソン島の間にあるバシー海峡とルソン海峡
もっとも危険な海域であり、たくさんの島に隠れて航行した
（「傷痕ルソンの軍靴」（60）に掲載の地図を参考に加工）

された「第一挺進集団」は、当然その場所を目指していたのであろう。ルソン島西北部の北サンフェルナンドからでは遠くて不便である(46)。

全船はリンガエン湾(図14)の北サンフェルナンドに突き出した、ポロ岬に錨を降ろした(60)。このとき正雄は、

「五隻中四隻が沈められた」

と思っていたし、

「船団一〇隻のうち八隻が撃沈され」

という記載もある(10)。この船団の被害については、別に出発した「雲龍」への憶測や、同じ船団だった「せりあ丸」と出航当初から護衛に当たっていたはずの「第一〇一戦隊」七隻が、途中からいなくなったことなども関連して、乗船していた末端兵士の間ではさまざまなうわさ話が飛んだのではなかろうか。なにしろ「脚も伸ばせんかった」ぎゅうぎゅうづめの船倉内である。

「横に爆弾がようけ積んだぁった」

という。敵魚雷を受けなどして、誘爆したら一瞬で消え去る状況であった。

図14　ルソン島北部の地図　クラーク基地はマニラに近いアンヘレスにあった

# 青葉山丸の最期

物資の陸揚げは、北サンフェルナンド到着直後から開始されたようである。夕方着であるから、その後の夜陰にまぎれて、できる限りの物資の運搬を急いだのであろうか。

「入港と同時に各船は直ちに揚陸《ようりく》作業を開始、兵員、器材、弾薬、糧秣などを順次大発（大型上陸用舟艇）などを駆使して行いました」

と記載されている(11)。

正雄の記憶によれば、物資の運搬は三班に分かれておこなった。①輸送船から上陸用船艇に移す班、②船艇で島に渡す班、③船艇から陸揚げする班であったという。正雄は最後の班となり、先に上陸し島への陸揚げを命じられた。海岸からすぐ近くの山にかけて運び上げたようである。

そのさなか、

「大発が出発する頃に敵機の来襲があって、高射機関砲が糸を引いて、一瞬綺麗だなと思った(75)」

「偵察機が一機来て照明弾を二～三個落として昼みたいに明るくなった(52)」

という。正雄にも、

「真昼のようやった」

という強い印象があったようで、思わぬ閃光といきなり発見されてしまったショックが、それぞれの兵士の記憶に刻み込まれたのだろう。

「爆撃機二機が入港した船団に対し、照明弾を落下し、爆弾投下をしかけてきました（『私の真実敗戦記』(76)）」

一方、

「その晩空襲はなかった」

とも記載されており（『船舶砲兵決死の対空対潜戦』(52)）、やや不一致がある。しかしながら幸いなことにいずれにせよ、

「夜間とあって一弾も命中はなく(75)」

必死の夜間陸揚げはそれなりに成果を上げたものと考えられる。この夜、初めて敵攻撃の洗礼を受けた正雄は、

「これが戦争か」

とつくづく感じたといい、三嶋中尉も

「戦場へ来たなという実感と、海の上では死にたくない。せめて陸上で戦ってから」

と念じたという(75)。竹内浩三もきっと同じ思いを抱いたに違いない。初陣の若者たちの、眠れぬ夜であっただろう。

明けて翌一二月三〇日。

早朝から猛烈な空襲に見舞われた。

「必死の夜間揚陸もむなしく、翌朝、連合軍の空襲につかまり(47)」

「翌三〇日になると早朝から空襲となったため、全艦船の火力を集中してこれに反撃を行ったが、敵機は悠々と近迫し猛爆を敢行(11)」

正雄も、

「グラマンやロッキードがいっぱい来た」

よほどすさまじい空襲が繰り返しおこなわれたのであろう。

そして、正雄たちの乗ってきた「青葉山丸」はこのときに撃沈される。

「翌朝十一時頃には、敵グラマン二機の攻撃を受け、「青葉山丸」は折から揚陸作業中でハッチが開いており、そこから飛び込んだ爆弾が爆薬荷に命中し船は簡単に沈没（「我等クラークに死せず（遺稿）」（75））」

「正午近い十一時半頃、日向丸の荷下ろし作業が終わると同時に水面すれすれより敵グラマン二機が荷下ろしがまだ終わっていない青葉山丸にて爆弾投下をしかけて飛び去りました。友軍の陣地から機銃を浴びせたのですが後の祭りでした。その時の一弾が青葉山丸の弾薬庫の上に命中、弾薬はつぎつぎと誘爆して船は無残に飛び散り、残念ながら目前にて沈没でした（「私の真実敗戦記」（76））」

「一二：三〇頃、不幸にも爆弾が青葉山丸に命中、間もなく大火災を起こして積載物の大半を残したまま沈没しました（「悲運の戦時日本商船（12）」（11））」

「船艙の弾薬が大爆発を起こすと船体は折れて沈んでいきました（「青葉山丸」（2））」

「船体が中央から真二つにさけた（「船舶砲兵決死の対空対潜戦」（52））」

と、やや被弾時間や詳細の記載にずれはあるものの、激しい爆発に続く轟沈の姿が表現されている。

正雄もこのとき、

「真っ二つに折れて沈没した」

とこのありさまを目撃し、ありありとした記憶にとどめている。早朝から昼過ぎにかけてまで、敵空襲は続いていたのである。

大きくダメージを受けた「青葉山丸」のとどめは、日本軍がおこなったという証言もある。

「日向丸」の乗組員で倉本という人が、

「焼夷弾を被爆したか燃えつづけていて、このままでは照明弾と同じで敵の目標になるので、部隊の船の砲を命中させて処分した。私はその時は「日向丸」の砲手だったので射撃をしました（52）」

と述べている。

このとき「青葉山丸」には「第一九師団」の「山砲兵二五連隊」の主力である「第一大隊」ならびに「第三大隊」が乗船していたが、この沈没により軍馬２００頭、山砲団２万発などが海底に沈んでしまった（60）。

また「空挺部隊」も「器材小隊」が「青葉山丸」に乗船していたため、

「同小隊の自動貨車の半数、爆薬等を失った（1）」

「積んでいた爆薬や車両など多くの物資が海没（16）」

と、相当な物資の損害があった。しかし壮絶な沈没の割には、

「各員の必死の揚陸作業により、兵員にはほとんど損害が出ませんでした（「ルソン島の日本陸軍空挺部隊」（47））」

「乗組員三名戦死（「悲運の戦時日本商船（12）」（11））」

「乗員は幸い全員救助されましたが、船長は船とともに海中でした（「私の真実敗戦記」（76））」

とあり、二一～三〇〇〇人いたと思われる乗組員は、ほとんどが船を離れていたようである。

「部隊の兵員をまず上陸させた（2）」

ことが不幸中の幸いであったとされている。母船の最期を、正雄たちは物資を積み上げた海岸から看取ったのであろうか。

「青葉山丸」を失ったのは痛恨の極みであったが、

「しかしながら他船は爆撃の間隙を縫って揚陸作業を続行」

し、三一日夜半になってようやく完了した。

「船団が３日間も北サンフェルナンドで停泊して、ほぼ揚陸作業が成功したことは正に奇跡であった」

と記載されている（11）。

正雄たちが物資を揚陸していた最中、昭和一九年（１９４４）一二月三〇日の朝に、リンガエン湾を出て高雄に帰ろうとしていた船団もあった。「タマ三八船団」に先立ち一二月二六日にサンフェルナンドに到着していた、「室蘭丸（日本郵船、５３７３総トン）」などがそれで、

「対空戦を実施しながら在港中の僚船、「帝海丸（帝国船舶、７６９１総トン）」、「和浦丸（三菱商事、６８０４総トン）」、「日昌丸（南洋海運、６５２７総トン）」と共に揚陸作業を敢行」

していたようである（「悲運の戦時日本商船（51）」（12））。室蘭丸始め各船は完全揚陸が行えなかったものの、在泊期限ギリギリまで作業を実施した後、

「各船は港外で「マタ三八」船団を組み（「傷痕ルソンの軍靴」（60）では「マタ三七船団」と記載されている）、室蘭丸が一番船となって一二月三〇日〇八：〇〇サンフェルナンド発、第二一号駆潜艇など計六隻の護衛の下、全速力で高雄を目指しました」

とある。もともとは「青葉山丸」などが到着してしまう前に、帰る予定だったのだろうか。多くの船が一カ所にとどまるのは危険である。それをギリギリまで延ばし、何とか逃げ帰ろうとしていたのだが、早朝より猛烈な空爆が始まってしまった。二九日夜の照明弾で見つかっていたのか。

そしてサンフェルナンド北35マイル付近（北緯17度11分、東経１２０度24分）を航行中の一二月三〇日一三時〇五分頃、ルソン島内陸方面から飛来した米機戦爆連合機約三〇機の空襲を受けた。敵機は海上10ｍの低空で接近、船団の真横から反跳爆撃を実施したため、各船はほとんど回避する術がなく、全船とも被弾に至った。

特に一番船「室蘭丸」は第一弾が第二番艙《そう》に命中爆発、ここにあった揚げ残りの弾薬に引火大爆発を生じて火災が発生、つづく第二弾は船橋及び第三番艙に命中、一三時一〇分頃に轟沈した。

さらに二番船「帝海丸」は第一番艙右舷に一発、機関部に一発が命中爆発、第六番艙右舷にも至近弾一発が炸裂して大火災が発生、消火活動が不能になったため、一四時三〇分頃総員退船命令が下された。船体はしばらく漂流していたが、やがて風潮作用により最寄りの陸岸に漂着座礁したとされる。

なお、「日昌丸」と「和浦丸」も被弾したが幸い沈没には至らず、かろうじて昭和二〇年（１９４５）一月二日、高雄まで逃れた。

リンガエン湾の北サンフェルナンド付近は来たばかりの「タマ三八船団」八隻、帰ろうとしていた「マタ三八船団」一〇隻の少なくとも一八隻が入り乱れ、そこに敵機が「蜂の大群みたいに」来襲し、大混乱になっていたのであろう。

「タマ三八船団」は「青葉山丸」を撃沈されたほかは何とか無事で、三一日夜半にようやく陸揚げ作業を完了した後、年が明けた翌昭和二〇年（１９４５）一月一日、

「マタ四〇船団」

としてルソン島を後にした（「悲運の戦時日本商船（12）」（11））。

「吉備津丸には、サイパンから引揚げて待機中であった婦女子、女子軍属、予科練生など百名を乗せ、本土に向け北サンを出港した。ときに昭和二十年一月一日〇三四五であった（「傷痕ルソンの軍靴」（60））」

資料によっては正雄たちの到着と入れ違えに出発した「室蘭丸」、「帝海丸」などの「マタ三八船団」と、この「マタ四〇船団」との取り違えがあるようである。「三八」の数字が同じであることも混乱を招く原因かもしれない。しかしながら、ちょっとややこしいのだが「タマ三八船団」復航船団は「マタ三八船団」ではなく、「マタ四〇船団」が正しいと思われる。

「青葉山丸を除き神州丸、吉備津丸及び日向丸の三隻で編成、神州丸は便乗者約５３０名、吉備津丸の便乗者

は約５００名であったが、日向丸の便乗者は数名でほぼ空船同然でした。船団は海防艦・三宅、第一一二号ほか四隻の護衛で、昭和二〇年（１９４５）一月一日〇三：五五、北サンフェルナンドを発し高雄経由で門司に向かいました」

とされる(11)。陸揚げが終わった直後に夜明けを待たずに出港している。

帰路もルソン海峡を無事通過したのであるが、

「三日〇一：〇〇頃、台湾安平南方海岸寄りに到着、暫時仮泊中の〇七：五〇頃、米機動部隊の艦載機二機が飛来したため、空襲を顧慮した船団は直ちに香港方面に向かって退避を図りました。しかし、一一：二五頃、高雄西方75キロメートル付近において、約50機の敵機が太陽を背にして船団に襲い掛かり、猛烈な銃爆撃を始めたため、各船も一斉に反撃態勢に移った」

が、「神州丸」は一番船であったゆえか、戦闘が始まって数分後に戦隊中央部船橋前方に二発、後方に一発の直撃弾を受けるなどして多くの死傷者を出した。その後、生き残った乗組員船外退避の後、高雄近くで沈没した。また「吉備津丸」は何とか高雄に到着し、修理の後宇品に戻った。「日向丸」の損傷はかなり軽微であり、高雄経由で砂糖を積んで門司に帰着した。

「マタ三八」と「マタ四〇」のどちらの復航船団とも、フィリピンから無事に帰してもらえなかったのである。

# 兵力分断

「青葉山丸」沈没のあと、「滑空歩兵第一連隊第一中隊」の行動と、他の輸送船陸揚げとの連係がどうなっていたのかはわからないが、

「輸送船から徹夜で揚陸した貨物は砂浜に山積みになっている。このままでは敵機の目標になってしまう。早く貨物を野ざらしの状態から隠匿できる集積所に運搬しなければならない」

というような危険な状況であったという(60)。

そしてこの時、正雄たちが「青葉山丸」から海岸に陸揚げした物資は、

「好きなもんをもって山の中に逃げろ」

と指示された。持てるだけ持ってあとはアメリカに取られないために、燃やしたそうだ。上陸早々母船を沈められたあげく、散り散りに逃げ回ることになった。

その命令を聞いたとき正雄は、

「背嚢（はいのう）に持ってた重たい米は半分捨てた。塩は残して、あとはタバコを詰めるだけ詰めて持っていった」

という。ほかのほとんどの兵士たちがまず殺到したのは、缶詰やら米やら、なにしろ食料が中心だったそうである。そんな状態の中でむしろ米を捨て、何の腹の足しにもならない「タバコ」を選択した。

「何でやねん」

と確か子どものときにも、何度か聞いたことがあったように記憶している。その理由がふるっている。「軽いしいっぱい背嚢に入る。これを現地人と食いもんに変えられるねん」というのである。現地の人とはサツマイモに交換、時には同僚の兵士相手にも食料と交換したそうだ。これには恐れ入り、まさに目からうろこが落ちる思いであった。

当年弱冠二三歳の若造が、着いたばかりの異国の凄惨な戦場で、そんなことをとっさに考えたのだ。味方兵士との交渉すら予期している。後年も「段取り上手」で生き抜いてきた父の、まさに真骨頂を見る思いである。

これはおそらく正雄の遺伝子をついだ息子だからいえるのであろうが、一つのものだけを取り合うような「よーい、どん」の競争では、決してわれわれは勝ち抜く才能がない。どちらかといえばちょっと出遅れてしまうような、ドンくささと、まぁよくいえば人のよさを持っている。

きっと正雄もこのとき、鬼のような形相で限られた食料を奪い合う人たちの群れの中には、入りたくなかったのであろう。そこで誰もあまり目を向けていなかった「タバコ」だったのではないか。またそうしたやり方が、しぶとく生き抜くことにつながっていった。

「一歩引いた段取りのよさ」とでもいえる、若き正雄がおこなったこのときの選択は、息子としてとても興味深い。

さて何とか戦場にたどり着いた空挺部隊員たちであったが、

「滑歩一は海難し、到着したのは聯隊と通信隊、機関砲隊、工兵隊（一部）のみ」

という状況であった(47)。この「滑歩一」は「滑空歩兵第一連隊」、「聯隊」とは「滑空歩兵第二連隊」のことを指している。そして一月四日以降順次鉄道輸送と自動車輸送を併用し、数梯団《ていだん》に分散して北サンフェルナンドからクラーク方面に移動することになっていた。

しかしながらこの上陸早々の混乱もあり、また一月六日より始まった敵艦隊からの艦砲射撃のため、三つの部隊戦力に分断されてしまった(41)。

まず一つとして「タマ三八」船団が輸送してきた「第一挺進集団」の主力ともいえる「滑空歩兵第二連隊」は、「挺進通信隊」、「挺進機関砲隊」とともにクラーク方面のアンヘレス(アンフェレス)へ列車で先発した。これらのグループは「日向丸」に乗船していたと考えられる。「第二連隊」の三嶋中尉は、

「私の乗りました「日向丸」は、日本にはもう残り少なくなった本格的な輸送船(75)」

と「日向丸」乗船を明言しており、また上陸後の状況については、

「若干の酒と携行食糧の餅で正月を祝い、四日鉄道にてアンフェレスに向かいました。汽車は単線で、薪を焚いて走る漫漫的(まんまんで)な代物。駅長さんも兵隊であり、駅に着く度に現地人の物売りが多く、砂糖菓子やバナナ、パパイヤなど、煙草と交換で手に入り、のどかな風景と相まってここが戦地とは思えないような牧歌的な風景でした(75)」

と、かなりのんびりした列車移動の様子を書き記している。三嶋中尉も現地の人とタバコで交渉したんだ。その後クラークにおいて、彼にも絶望的な戦闘が待ち受けているのであるが、この時点では連隊は無傷で、二日後の六日にストッチェンバーグ旧米軍兵舎に到着した。

また第一挺進集団長の塚田少将も、同六日に宮崎を発って空路ルソン島のクラーク地区基地に向かい八日には到着、先発の司令部やクラークに集結した部隊と合流している(47)。ここまではまず順調な展開であったといえようか。

ところが北サンフェルナンドでは四日以降、輸送状況が一変する。五日に自動車で出発した「器材小隊」には、各隊の前進を指揮していた集団参謀の藤田幸次郎少佐も同行したが(41)、

「この部隊は敵の艦砲射撃を受け多くの損害を出し辛うじてクラークへ到着した(1)」

という。この「器材小隊」は「青葉山丸」に乗船していたはずで、「自動貨車の半数、爆薬等を失った（1）」陸揚げ状況から、さらに大きく損害を受けたことになる。

そして六日に最後尾で移動することになっていたグループは、

「その日リンガエン湾に敵上陸船団が入り、熾烈な爆撃と艦砲射撃を浴びせたので鉄道輸送どころではなく、南下の道を絶たれてしまった（1）」

のだ。その最後の梯団として指定されていたのが、「日向丸」に乗っていた「第一挺進工兵隊」（ここに高雄から松山兵長、梶原隊員も所属している）と、「青葉山丸」に乗船していた「滑空歩兵第一連隊第一中隊」などであった（41）。

「挺進工兵隊と滑歩一の館中隊は米軍の空襲で揚陸機材を喪失した上にリンガエン湾に取り残され、以降バギオ方面で別行動をとる事となります（16）」

また、

「一部の部隊はリンガエン湾に連合軍が上陸した影響で、集団本隊と合流できず、バギオ方面で独自戦闘を行なう」

と説明されている（47）。

ちなみに「バギオ」は、サンフェルナンドから南東に60キロほどのところに位置する。現在はルソン島北部の山岳地帯（コーディレリア地域）ベンゲット州で、もっとも大きい都市である（4）（図15）。

このバギオに残った部隊群は、さらに二つに分かれる。

一つが「第一挺進工兵隊」を中心とするグループであるが、

「第一挺進工兵隊主力と挺進第一連隊の作業中隊はルソン島までは進出したものの、輸送手段の不足のためク

図 15
上：現在のリンガエン湾サンフェルナンド付近の概略地図

下：「ルソン戦記　ベンゲット道」(45) に掲載の地図を参考に加工）

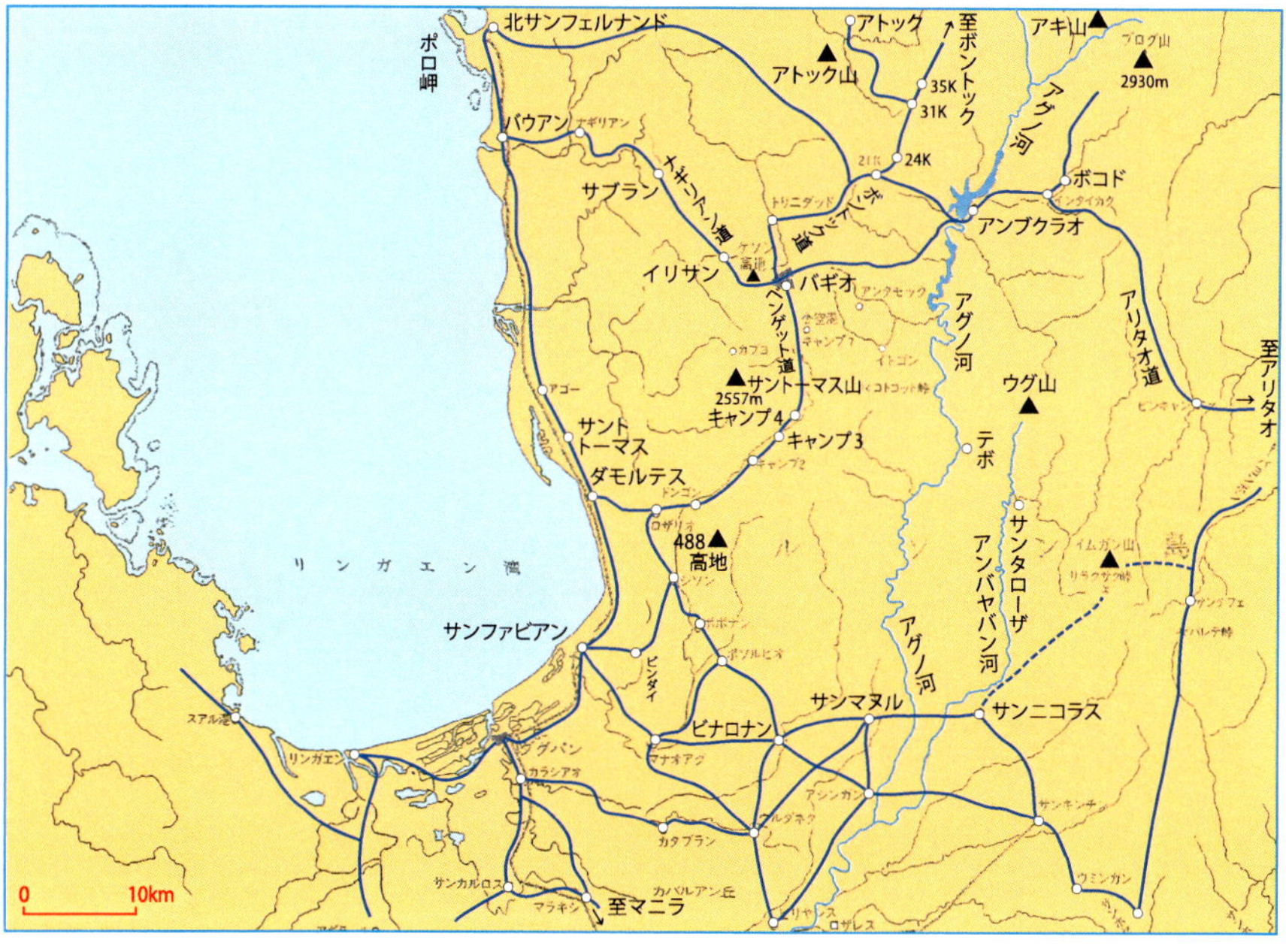

ラーク地区に移動できず、第一四方面軍直轄とされてバギオ地区で道路構築やゲリラ掃討を担った（7）」

「挺進工兵隊と滑空歩兵第一聯隊（主力は海没）の作業中隊はバギオに至り方面軍直轄に（41）」と「滑空歩兵第一連隊」の「作業中隊」もクラークにいけずバギオに向かったようである。さらにこれに、

「同聯隊の大隊砲小隊が加わった（41）」

という。

最後のもう一つのグループが、竹内浩三や正雄が所属したと思われる、「滑空歩兵第一連隊第一中隊」である。

小林察がまとめた竹内浩三の年譜には、

「竹内のいる中隊は、クラーク基地に向かう最後の梯団に指定されていたが、猛烈な艦砲射撃に合い、やむなくバギオに向かう」

と記載されている（67）。

「滑空歩兵第一聯隊の第一中隊もバギオに行って第二三師団の指揮下に入るという惨怛たる状態になった（「陸軍滑空部隊外史」（41））」

この部隊については同資料で、

「挺進工兵隊のほかにもう一つ別行動をとった部隊があるが」

と筆者の田中賢一はふれているのだが、つづけて、

「この方は資料乏しく詳しく紹介できない」

と、昭和一六年から終戦に至るまで陸軍落下傘部隊、第一挺進戦車隊長と挺進部隊生え抜きとしての経歴を経て、戦後には陸軍空挺部隊に関する貴重な資料を数々残している氏にして、追跡しきれないような状況におかれたものと考えられる。生き残った方々の証言も残されておらず、今さらながら正雄の記憶が頼りとなる。

さて正雄は「青葉山丸」に乗っていたのだが、もしかしたら「第二連隊」の所属で、上陸後にはかつての上官であった三嶋中尉たちと行動をともにすることになって、クラーク方面で戦っていたかもしれない。一緒に「青葉山丸」に乗船していた「器材小隊」は、何とかクラークにたどり着いているのである。

そこで念のため先日、電話でいきなりであったのだが、

「戦争してたんは、バギオかクラークかどっちや」

と尋ねてみた。まるで暗号のようである。急にそんなことを聞かれて思い出すであろうか。

ところが、

「バギョォやバギョォや、間違いない。東京みたいな大っきな都市やった」

即答だったのはうれしかった。東京みたい、はいかにも大阪人らしいボケ突っ込みのお約束じみて言い過ぎだろうが、はっきりとこの地名を憶えていた。またその本部が市内の地下にあったなどという、詳細も思い出していたので確かであろう。

この記憶をもって、正雄は館中隊こと「滑空歩兵第一連隊第一中隊」所属下にあり、竹内浩三たちとバギオ地区での戦闘をともにした、確証とできるのではないかと考えるのである。

ただし、正雄や竹内浩三がもともと「第一挺進工兵隊」や「作業中隊」の所属でないことは明らかではあるのだが、

「もう、着いた後は、どの部隊かもぐちゃぐちゃやった」

そうであり、もしかしたら上陸後は「作業中隊」とともに行動していた可能性も、まだ捨てきれない。

一月五日のリンガエン湾には、とてつもない大船団が現れたという。

「山の中腹から見下ろすと、北サンフェルナンドの沖合は敵の艦船が、まるで観艦式に集まったみたいに百隻

以上も浮かんで」

いたという記載がある（「軍旗はためく下に」⑽）。

百隻どころではなかった。

「600から800（隻）（「証言記録　兵士たちの戦争」フィリピン・ルソン島　補給なき永久抗戦～陸軍第二三師団～」⑽）」という規模であり、

「もう街です、リンガエン（湾）が」

「何百隻とある軍艦、戦艦、アメリカの。それが全部電気つけてね、ちょうど街ですわ⑸」

「あ然として見ておった⑸」

そして翌六日から艦砲射撃をめったやたらに打ち込んできた。

「通りかかったほかの隊の者に聞いたらバギオへ行くというので、わたしたちも這上るように山をのぼってバギオへ向いました⑽」

多くの兵が逃げるようにして、バギオに向かったようである（図16）。

中には逆に北サンフェルナンドへ転進した部隊もあった。

「第二三師団」に所属した「歩兵第七一連隊」の「外館中隊」は、北サンフェルナンドの海岸に埋めて置き去りにした資材を回収するよう命じられ⑹、バギオに向かっていた途中からナギリアン道を逆行したのだが、そのとき、

「前照灯まで消した軍用貨物自動車がバギオを目指すのと、いくつもすれ違った。すれ違う小部隊はすべてがバギオへバギオへと急いでいた⑹」

という状況を目撃している。

一月九日。アメリカ軍リンガエン湾上陸。

日本軍が上陸した北サンフェルナンドよりも南側の、サンファビアンからダモルテスにかけて、水陸両用車でどんどん侵攻してきた。そのときにはまだ多くの部隊は、山の中で戦闘態勢も整えられずにいた。

同日。「第一挺進工兵隊」バギオ到着。この町は、

「バギオは松の都といわれたくらい松林の多い避暑地で」

「海抜千五百、東と北の岡にしゃれた教会があり、白い壁に赤や青い屋根の別荘ふうな家が点在し、緑の芝生に囲まれた美しい湖もありました。目抜き通りには喫茶店や映画館もあった（10）（図17）」

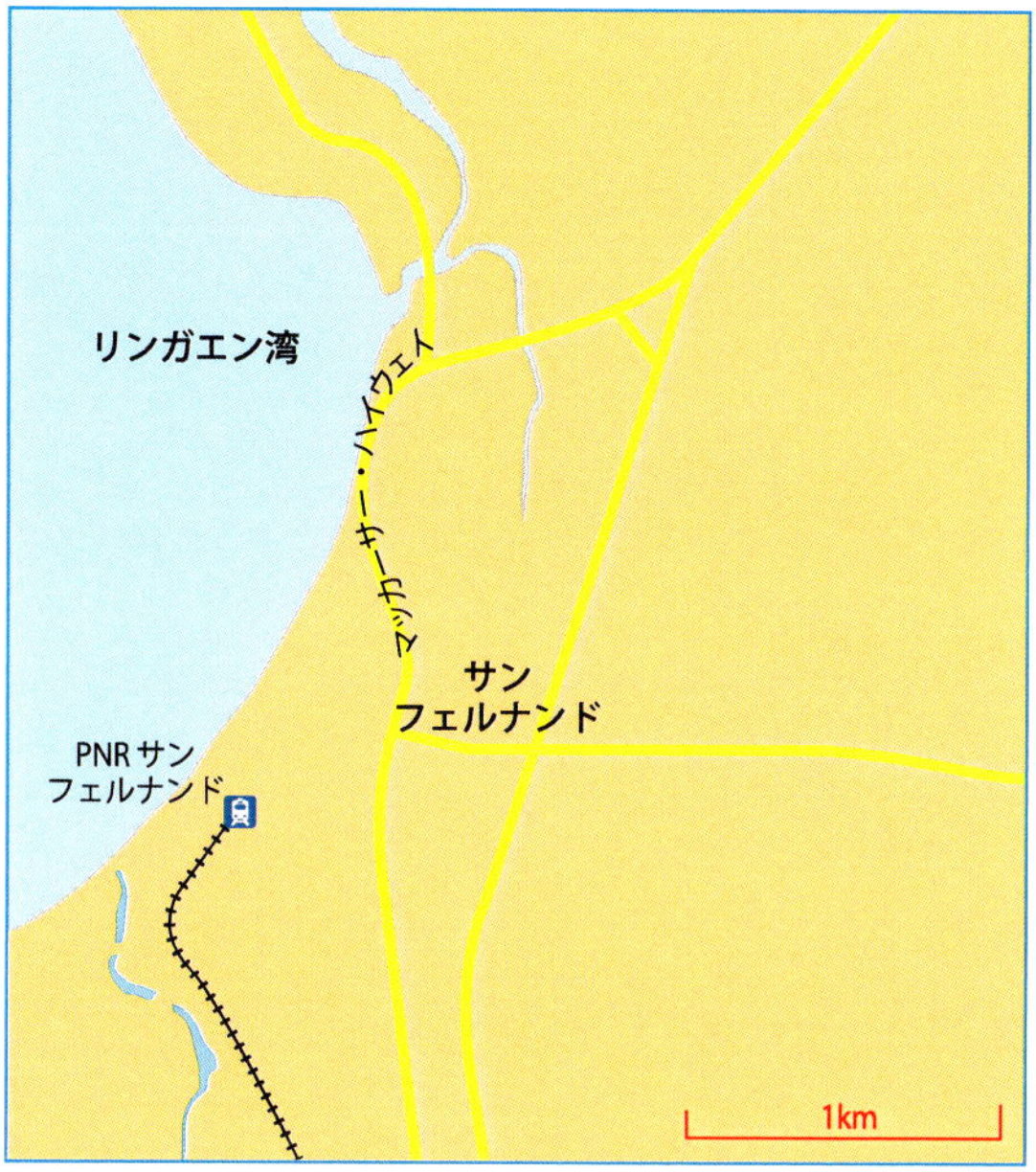


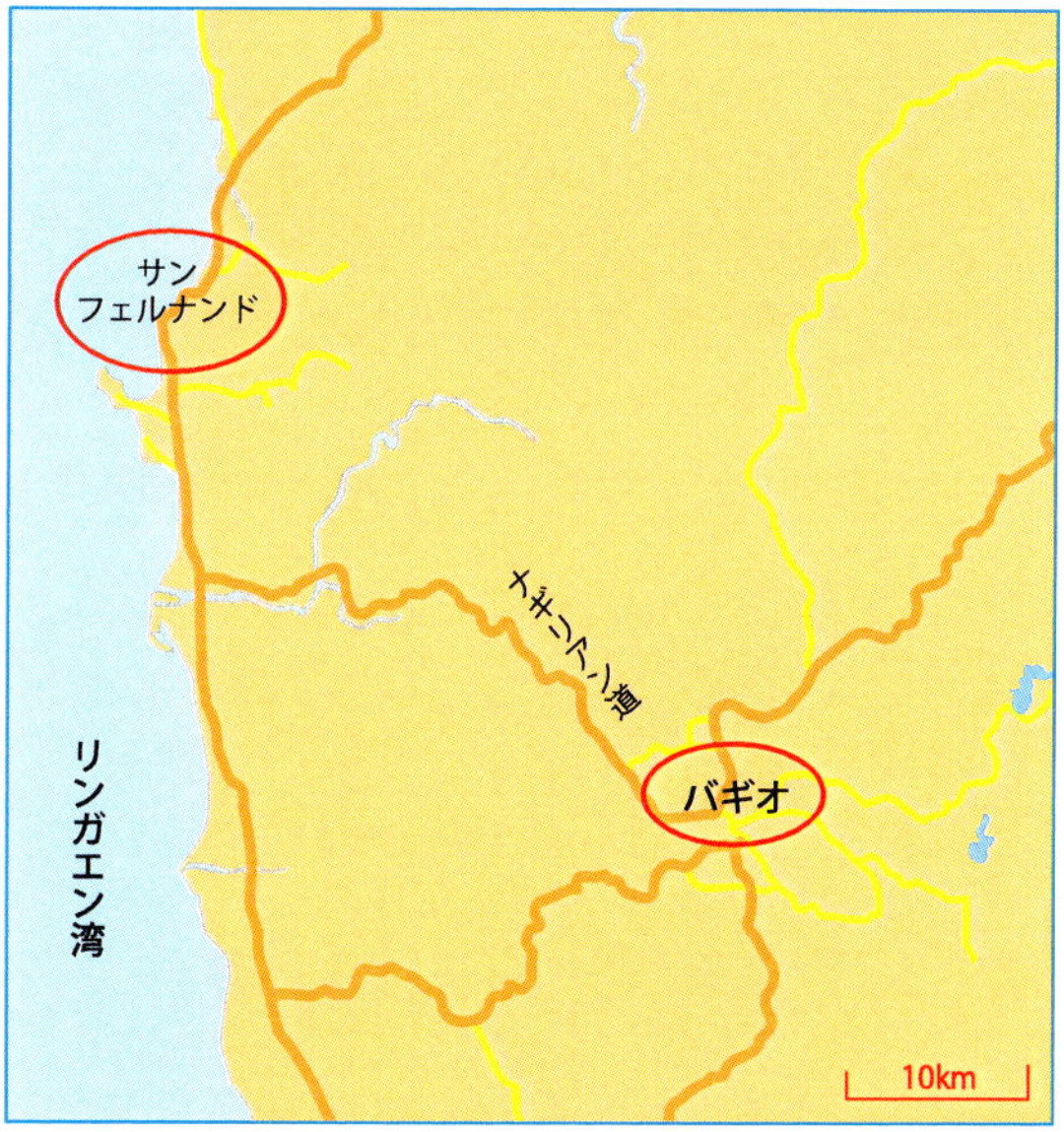


図 16　上：現在のサンフェルナンド市街　マッカーサー・ハイウェイやフィリピン国有鉄道（PNR）が通っている
下：サンフェルナンドからバギオまでの道

ようだが、この頃以降は地下にあったという指令本部めがけて、連日爆撃にさらされたそうだ。最終的には、

「アメリカの爆撃で、木ぃ一本も残らんくらいやった」

と正雄がいうほどの激しいものだったようである。

北サンフェルナンドからバギオにかけては、１０００mを超える山地が連なる。正雄たちの部隊は上陸当初より、ずっと山の中に立てこもっていたそうだ。ここでの主な戦闘は地元民ゲリラとのものであった。構成は基本的には「青葉山丸」に一緒に乗っていた空挺隊員たちであったが、

「違う部隊の人もいたかもしれん」

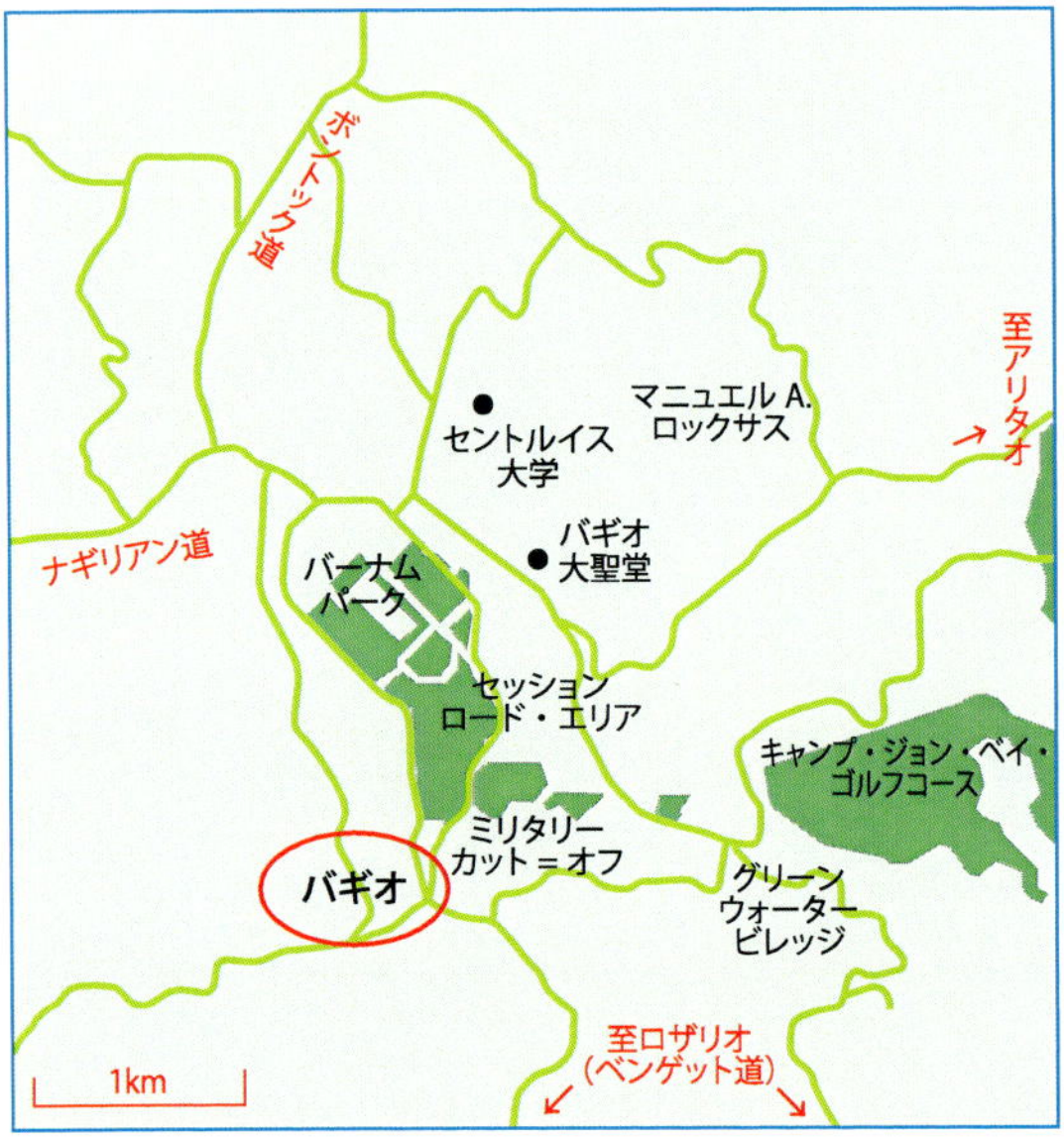


図17　現在のバギオ市街

ともいっていた。

「夜になると信号みたいなランプをぴかぴか照らして、日本軍がどこにどれくらいおるか、アメリカに知らせよんねん」

この信号は山から山へと送られていたそうである。そして次の朝になると、

「真ん中にコブのついたロッキードが低空飛行してきて、爆弾は落とすはバンバン撃ってきよるは」

双胴のロッキードP―38であろう。「ライトニング」と称された戦闘機であるが、そこそこの爆撃、雷撃性能があったという。

「バギョゥの市内に爆弾落とした帰りにも、こっちの山に回ってきて撃ってきよんねん」

山の中でも逃げ回るのにたいへんだったそうだ。

しかしゲリラ掃討とは日本軍の勝手ないいぶんで、非戦闘市民も巻き込んで、けっこう酷いこともおこなわれたのではないかと考えられる。

「あいつらな、昼間は百姓しとんねん。それで晩になるとゲリラや。アメリカのやつが武器をあげとったんや」

このあたりのくだりは、２００３年にバギオ近郊を訪れて竹内浩三の足跡を辿った、稲泉連の著書でも取り上げられている。「ナギリアン道」をバギオに向かっているとき、現地ガイドの「とよ子」さんが語った話として、「ゲリラはいたるところにいたんですよ。マンモス・ゲリラという組織された強力な集団もありました。彼らは昼は農民として日本兵の居所を探り、夜になると激しい斬り込みをかけてくる（「ぼくもいくさに征くのだけれど」（5））」

とあり、まったく異なる視点からの時を経た回想同士が、不思議とも思える一致を見せる。

そして兵士たちは、

「男を見たら百姓でも何でも、みんな殺せと言われた」

そうだ。自らも手を下したかどうか、などといったことには今でも正雄は一切口を閉ざす。

# クラークでの戦い

ここからしばらくは、ルソン島北サンフェルナンド到着後三つに分散した、「第一挺進集団」の兵士たちが遭遇した壮絶な戦いについて、それぞれ記載してゆく。

まず、クラークに行った「滑空歩兵第二連隊」であるが、

「クラーク地区飛行場群の守備についたが、掌握した兵力は滑空歩兵第二連隊のほか、挺進機関砲隊と挺進通信隊主力だけにやせ細った。その後、第一挺進集団を基幹としてクラーク地区防衛担当の「建武集団」の戦闘序列が発令され、塚田少将が建武集団長となった（7）」

と、塚田少将直属部隊として防衛戦の正面で奮戦した。

この頃、フィリピン方面軍（第一四方面軍：兵員総数26万2千人（「ルソン戦記ベンゲット道」（45））は山下奉文（やました・ともゆき）司令長官の下、

「バギオを中心とした北部に大将直轄の尚武集団」

「マニラ東方拠点に横山静雄中将の振武集団」

「フィリピン最大の航空基地クラーク防衛を任務とする建武集団」

と、「尚武」、「振武」、「建武」のそろい踏みであった（「特攻基地クラーク悲惨なる終焉」（65））。

ところがこの、陸海軍合わせた兵士三万人余りを掌握する「建武集団」なるものであるが、

「人員ばかり多くてもここで本当に戦える部隊はいなかった」

という状態にあった。

「クラーク附近には全部で11個（65）（「我等クラークに死せず（遺稿）」（75）では13個となっている）」の飛行場があり、陸海軍の多数の航空部隊がここに展開していたのだが、大戦中にどんどん航空戦力が消耗し、そのため

「航空の地上勤務部隊は撤退の機を失い、最盛期のままこの地区に残っていた。その数陸海軍合わせ三万人に近かった」

というのが実情で、種々雑多な部隊が混在しているとともに、特に海軍部隊は、

「兵のほとんどは、地上戦闘訓練も受けていない基地地上要員であり、銃さえゆき渡らず、飯盒（はんごう）を持たない兵であった（65）」

という。しかも、

「集団司令部がクラークに到着したとき、建武集団の作戦準備は何もできていなかった」

さぞかし塚田少将も頭を悩ましたことであろう。とりあえず

「地上戦闘の出来そうな部隊を三つの単位に編成して」

クラーク飛行場近辺を中心に、近隣の高地にかけて第一線と第二線の防衛戦線を構築し、

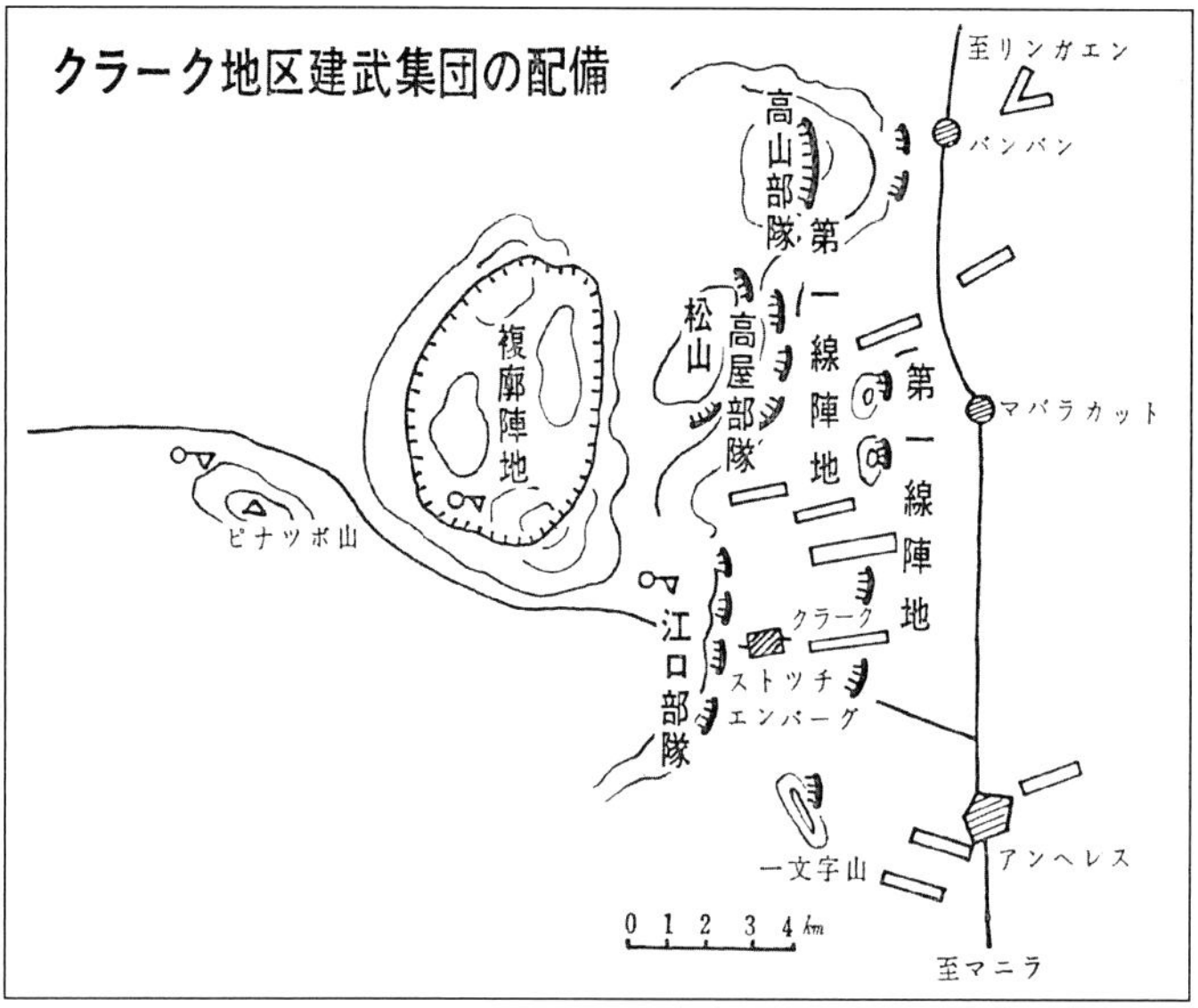

図18　クラーク地区建武集団の配備　「ああ純白の花負いて」(1)より転載

「北から高山部隊（戦車第二師団の部隊）、高屋部隊（挺進集団の部隊）、江口部隊（飛行場大隊の集成）を配置した」

この後方の山中には「複廓陣地（ふくかくじんち）」なるものを作り、戦闘能力の低い兵士たちを後備部隊とした（図18）。複郭陣地とは、

「一定の陣地をもたずに、常に戦況に応じながら移動して、地形、地物を利用しながら遊撃戦を展開するための陣地(60)」

というものであったようである。後にバギオ近辺においても北東の山間部で、同様の陣地が作られている。

フィリピン防衛作戦準備初期においては、

「マニラ東方山地大複廓、バギオ小複廓」

という構想がたてられていた(53)。

そしてこの時「建武集団」の任務として、次の三点が付与された。

一．成るべく長くクラーク飛行場群を占領して敵の使用を不可能ならしめる

二．敵の攻撃を受け状況非なるも敵行動を拘束する

三．状況真に已むを得ざるに至るも極力敵の飛行場使用を妨害する

ルソン島は本土決戦への最後の防衛線である。ここで飛行場の使用を許せば、一気に戦局が大きく動いてしまうのは明らかである。しかしながらこの戦力、兵站《へいたん》状況で果たせるはずもない任務であった。最初から持久戦をもくろんでいれば、もう少し山中における別の戦略もあったはずであるが、飛行場にこだわったため平地に最前線を布陣させた。

リンガエン方面より南下してきた米軍は一月二五日よりこの附近に進出し、やがて猛烈な砲爆撃を浴びせ、多数の戦車が日本軍陣地に殺到した。

この際、「独立戦車第八中隊（チハ車八両）(75)」や「戦車第二師団の部隊」は若干の戦車や対戦車砲を持って、はじめは果敢に応戦したが、

「緒戦に於いて建武集団の重火器や戦車は忽ち粉砕されます(16)」

「敵の戦車砲と自走砲の砲弾が雨注し、たちまち玉砕してしまいました(75)」

と、壊滅的打撃を受けた。

前線の中央に配備されていた「高屋部隊（支隊）」とは、もともと高屋三郎少佐率いる「滑空歩兵第二連隊」である。このとき三嶋与四治中尉は「第二中隊（中隊長は黒江祺一郎大尉）」の機関銃小隊長であった。

「松山」というところに主陣地を置き、三嶋小隊はその中でもさらに突出した「二の台」を防御した。米軍は戦車や戦闘機も交えて一月二九日からここに猛攻撃を加えた。しかしまだこの頃は、

「幸いにも携行兵器無瑕《むか》であり、私と共に伏せた兵は陣地の関係上人員こそ十七名ながら選りすぐった精鋭であり、重機二、軽機二、小銃手榴弾等武器も充分で、気力またみちみちておりました(75)」

二九日午前には、

「敵をやり過ごしておいて背後から機関銃で猛射し、一個中隊ぐらいを壊滅」

この日の午後にも猛烈な手榴弾線を繰り広げ、この日を持ちこたえた。

翌三〇日の午後になると、

「敵はまさかと思った地形を克服してＭ４であろうか、大型戦車二両が現われ、歩兵を伴って攻撃してまいりました。刺突地雷で肉迫攻撃した兵が、戦車腹部の甲板の厚さに逆に吹っ飛んでしまってからは、戦車に付随して接近して来る敵兵との間に、射撃戦や昨日に続く手榴弾戦が展開されました(75)」

そしてこの日、三嶋与四治は大きな戦傷を負う。

「右腕に三発の（手榴弾）破片による盲貫銃創《もうかんじゅうそう》（75）」

「戦車砲の破片により右側頚部《けいぶ》に一発、同じく脊椎《せきつい》をかすめて胸部に二発の盲貫銃創（75）」

「左臀部《でんぶ》に拳銃による挫傷（75）」

と満身創痍であり、さらに「二の台」に米軍戦車が進入するまでに至って、ついに中隊指揮班まで撤退、後方の洞窟内に収容され加療を受けた。

このため翌日の戦闘には三嶋は参加していないが、前日にも増した激戦により、挺進通信隊長で連隊副官の藤本大尉も砲撃を受け、右前膊部《はくぶ》切断の重傷を負ったため洞窟に運び込まれた。またさらにその次の日には「第二中隊（黒江中隊）」が、

「中隊長以下ほとんど戦死」

したという(75)。

それでも連隊は「松山」にとどまった。が、

「二月十日頃まで頑張ったが、高山部隊の戦線が瓦解し、次いで江口部隊も後退し、高屋部隊だけでは如何ともし難くなった」

そのため、ついに「転進命令」が下る。

「挺進集団の諸隊は滑空歩兵第二聯隊長高屋少佐を核心とし、松山と名付けたこの主陣地を飽くまで固守しようとした。ここでは多くの戦友を失った。その戦死者を棄てて後退する気にはなれなかった。しかし両翼を包囲され、糧食全く尽き、水さえなく、遂に複廓陣地に後退した」

とある。

三嶋中尉と藤本大尉の加療生活は一〇日近くに及んだが、戦況は日増しに悪化してゆき、「滑空歩兵第二連隊」も常に第一線にあって、戦闘に次ぐ戦闘で兵員の戦死が相次いだ。この報を受け二人は

「聯隊長と一緒に死のう（75）」

と、二月中旬に複廓陣地での戦闘に復帰した。それから約一ヶ月は戦闘も小康状態にあり、その間連隊は再編されて三嶋は二個小隊の隊長を命じられた。

「しかし複廓陣地も、三月十五日頃遂に放棄せざるを得なくなった」

この際のことだと考えられるのだが、三嶋にはこんな記載がある。

「三月中旬頃、敵は、のちに「上田山」と名付けられた無名高地を占領、そこに観測所を設けて、昼夜をわかたず猛砲撃を加えてきたため、集団の転進が不可能に近い状態となり、わが聯隊に「上田山」奪還の命が下りました（75）」

しかもその頃連隊は後方のピナツボ山附近に現れた敵軍に備えて急行軍中であり、とって返して「上田山」へと向かった。さすがの挺進集団各兵士たちも、

「通常の体力ならば二、三時間で歩ける距離も、一昼夜を要するほど体力が衰えていた」

が、

「高屋聯隊長は直ちに聯隊を引き返し、攻撃命令を下し、三月二十日頃、三嶋隊は「上田山」西方四〇〇メートルほど離れた台地上から（中略）奇襲射撃を敢行（75）」

「前夜より敵陣近くまで隠密裏に接近していた上田隊は、三嶋隊に呼応して突入、「上田山」奪還に成功、数日間これを確保して集団の転進を可能ならしめましたが、この高地確保の間上田隊は連日敵の猛砲撃を受け、隊長以下ほとんど戦死を遂げました（75）」

この地域での大きな戦闘はこれをもって終了した。その後、

「ピナツボ山麓に後退したが、次第に建武集団は解体状態となり（7）」

そして、

「ここに集団は、四月五日、組織的戦闘態勢を解き、文字通り不毛の地にあって部隊ごとに自活態勢を確立し、抗戦を続行することになりました（75）」

現地はそろそろ雨期が始まろうとしている時期であり、終戦までまだ四ヶ月もあった。

注：この項の引用記載のうち注釈番号がないものは、すべて「ああ純白の花負いて」（1）もしくは「陸軍滑空部隊外史」（41）からの引用である。

# バギオの工兵隊員たち

一方、バギオに残った「第一挺進工兵隊」の兵士たちである。この隊に含まれていた「第一中隊」は「雲龍」沈没で失われており、「器材小隊」はクラークに出発してしまった。残されたのは、中井清之助大尉（54期）を隊長とする「第二中隊」だけであった。

この「第一挺進工兵隊第二中隊」と行動をともにしたのは、正雄や浩三たちと同じ「滑空歩兵第一連隊」所属であった、戸沢研大尉（55期）率いる「作業中隊」、ならびに鈴木中尉が指揮する「大隊砲小隊」であった。総勢でも四〇〇名あまりの小規模部隊である（以下「第一挺進工兵隊（含作業中隊他）」と称する）。

バギオにはルソン島の西の拠点として、「第一四方面軍」司令部があった。山下奉文大将は一二月二八日にマニラからここに移動して陣頭指揮を執り、また当時のフィリピン大統領ラウレルも、三月二一日まで滞在していた。

西方面には北サンフェルナンドに通じる「ナギリアン道」、南方面には「ベンゲット道」があった。さらに北方に向けてはボントックに通じる「ボントック道」、そして、東方面には未完成の「アリタオ道」があった（図19）。東西南北どこにも通じる交通の便に恵まれつつも、標高１６００ｍの高地に向かう道路は急峻で九十九折《つづらお》り。自然の要害としての特徴も備えていた。

挺進集団主力から取り残され、マニラ方面への南下を果たせなかった「第一挺進工兵隊（含作業中隊他）」は、全般状況も指揮系統も不明で途方に暮れたが、バギオ方面軍に連絡の結果、すぐにこの拠点に向かったようである。

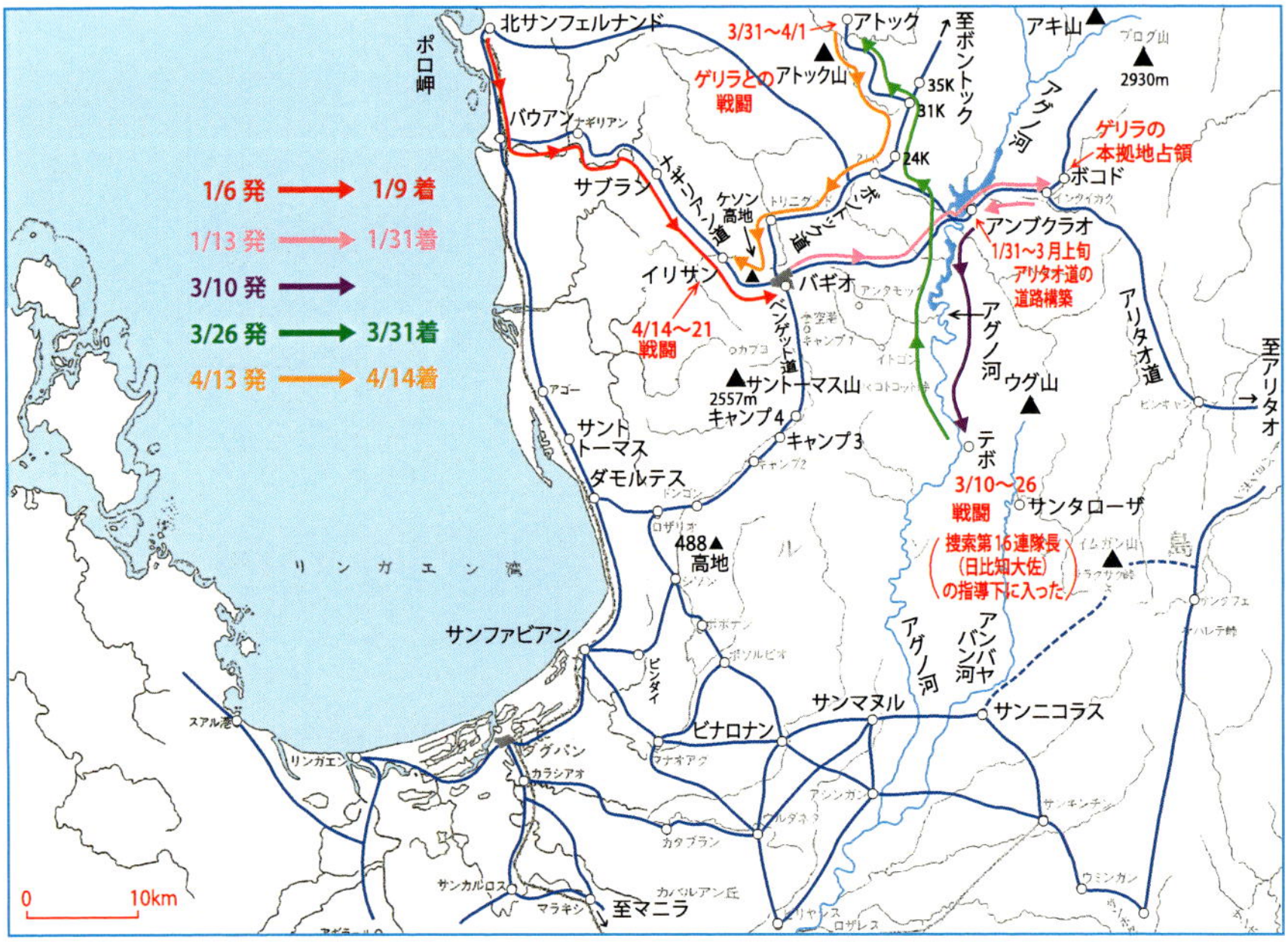


図 19 「第 1 挺進工兵隊」と「滑空歩兵第 1 連隊作業中隊」の行動経過
（前掲の図 15 下図に著者が加筆したもの）

一月九日に到着後直ちに与えられた任務が、東方面に向かう「バギオ—アリタオ道」構築であった。当時この道は原住民用の小径があるだけで、通行不能場所も多く、また途中にある「アグノ河」には丸太橋が架け渡してあるだけであった。これではバギオへの物資輸送や部隊の計画的な転進行動ができない。自動車が通れるレベルに拡張する必要があった。

一月一三日バギオ出発。ところがここで悩みの種となったのが、やはりゲリラの襲撃であったという。そこでまずゲリラの本拠地であったボコド村を占領鎮圧、三一日には「アリタオ道」の中間地点である「アンブクラオ」に到着した。

この場所を本拠地としてアリタオ方面からの部隊とも合流、命令を遂行すべく昼夜兼行で工兵の本領に励んだが、糧食の不足はいうに及ばず工具も原始的なものしか持ち合わせておらず、さらにゲリラとの戦いも並行しておこなうという多難なものであった。二月一二日には猛烈なゲリラ戦により、一個小隊（渡辺小隊）が壊滅的な損害を受けるという状況もあった。

三月上旬までこの道路構築に従事したが、その頃からバギオを取り巻く戦況が逼迫《ひっぱく》したため、今度は戦闘要員としてかり出されることになった。もちろん西筑波で挺進隊員として他の歩兵と同等の訓練を受けていたので、戦力でも一般兵士より高いものを期待されたであろう。工事に戦闘にと駆け回った忙しい部隊であった。

三月一〇日、南方のサンニコラスから「有力な敵が」侵入してきたとの報を受け、

「工兵隊は捜索第十六聯隊長の指揮下に入り、アグノ河谷を南下してウグサン山の要点を占領、この敵の前進を破摧した」

方面軍でもその実力を高く評価したのか、すぐに続いて

「三月二十六日、ボントック道アトック附近に現出したゲリラの討伐を命じられた」

という。短い間に東から南に、そして今度は北に向かった。まさしく東奔西走を地でゆく転進であった。

「北部ルソンのゲリラは、十七年にわが軍がルソン島を攻略したとき、山の中に遁れたフィリッピン軍であって、米軍将校の指導を受け装備も優秀であった。この時期になると、空中補給を受け、また山の中に連絡機の着陸場まで持ち、弾薬糧食は豊富で、戦車こそ持たないが、航空攻撃を誘導し、時には米上陸軍以上に手強い相手であった」

このあたりの記述は、先に述べたゲリラに関する正雄の証言とも一致している。昼間は米軍機が飛び交っているので、夜襲に強い空挺隊員の特徴を使おうとしたのか、三月三一日薄暮れから陣地を占領しているゲリラに対し夜間攻撃をおこなった。ところが、

「敵は照明弾を打ち上げ、白昼と変わりなく猛射を浴せる。とてもゲリラなどと馬鹿に出来ない。遂にその晩は攻撃を断念し、翌四月一日の晩、敵の右側背に迂回して攻撃復行し、明け方ゲリラの本拠地アトック部落に突入し、これを潰走《かいそう》させた。なかなか手強いゲリラであった」

四月に入ると米軍は「ナギリアン道」の急峻な地形をブルドーザーで改造し、戦車や重砲を進めてバギオに迫ってきた。このため四月一三日、「第一挺進工兵隊（含作業中隊他）」に対しこの方面への参戦が命じられた。「ナギリアン道」の途中にあるイリサンで防衛に当たっていた「独立混成第五八旅団（旅団長：佐藤文藏少将）」が危機に瀕していたため、その応援部隊である。今度は西に馳せ参じた。バギオ近郊の東西南北、くまなく出向したことになる。

本来歩兵であるこの工兵部隊に対し、方面軍は移動のためトラックを準備したというから、いかに戦闘加入への期待が大きかったかが分かる。

「重任をひしひしと感じ、炎上中のバギオを通り、「頑張ってくれ、目下危機に瀕しているところだ、頼むぞ」という方面軍参謀の声を後にして、イリサンに急進した」

四月一四日の朝四時にイリサンの旅団司令部に到着すると、

「旅団は既に一兵の予備もなく、佐藤旅団長以下ここで斬り死にと覚悟していたところで、工兵隊の到着を涙を流さんばかりに喜んだ」

すぐに第一線に向かい六時頃に到着するや、軍参謀が、

「見ろ、あそこを、敵の戦車だ、あの橋をすぐ落としてくれ」

という。

当時福本留一隊長は負傷のため中井大尉が指揮を執っていたが、すでに先行して準備していた戸沢中隊（滑空歩兵第一連隊作業中隊）に即時に下命した。

「敵戦車は一本道を砲塔を旋回しながら前進して来る。その数六、七輛《りょう》。そのとき轟然《ごうぜん》一発橋梁《きょうりょう》は吹き飛んだ。敵戦車は狂気のように戦車砲を打ち込んでくる。しかし両側は断崖で前進はできない」

打てば響くような呼吸で間一髪を切り抜けた。

「独立混成第五八旅団」はすでに疲れ切っていたため、「第一挺進工兵隊（含作業中隊他）」はこの要衝《ようしょう》を最前線で守ることになったという。このイリサンでの戦いを松山宗正兵長は以下のように書き残している。「雲龍」沈没で命を拾いつつも、高尾で福本少佐に頼み込んで「日向丸」に乗り込み、ルソン上陸を果たした例の人である。

「四月十三日、挺進工兵部隊はバギオに迫る米軍をナギリアン街道イリサン地点に陣地を占領し軍司令部及び野戦病院後退のため死守せよとの命令でした」

「命令を受けて私達部隊は夜間行軍でイリサンに向かいました」

「道端には負傷兵がいるのを見て、如何に我々の到着を待っていたかよく感じさせられました。早朝のまだ薄暗い中に目的の最前線イリサンに到着」

そして、

「バギオ地区イリサンの戦闘は凄惨非情そのもので、激しい条件の戦いの地であったことから、私達の部隊はこのイリサンの戦闘で全滅状態となったのです（「私の真実敗戦記」(76)）」

到着の四月一四日から一七日にかけて、司令部を守ろうとここを死守した。

「この附近で日本兵は木からぶら下がって、弾を撃ったそうですよ」

と、前述の稲泉連をガイドした「とよ子」さんは説明したという(5)。壮絶な戦いであった。

四月一六日。

「第一挺進工兵隊（含作業中隊他）」がイリサンで米軍をくい止めている間に、山下奉文大将の司令部はバギオを脱出し、アリタオ道を通ってバンバンに移動した。バギオ―アリタオ間の道路は前にもふれたように、一月上旬から「第一挺進工兵隊（含作業中隊他）」が拡張工事を命じられていたのだが、三月一〇日にアグノ河附近の戦闘にかり出されてここを離れてからも工事は進行していた。そしてこの日に司令部が撤退するときになって、初めて自動車の通行ができるようになったそうだ。

2003年に稲泉連が訪れた際にも、

「舗装されていないでこぼこ道で、車が通過すると赤茶けた土埃が巻き上がる」

道路であったという。まだ当時の面影を残していたのかもしれない。

そしてガイドの「とよ子」さんから、

「この道路は〝山下の捨て子〟と呼ばれているんですよ」

と聞かされた⑸。戦後半世紀以上を超え、ミレニアムを超えてなお、血がしたたり落ちるような生々しさを蘇らせる、現地ならではの呼び名である。


「第一挺進工兵隊（含作業中隊他）」の任務はこれで終了したわけではなかった。「成るべく長く」持ちこたえて、新しい場所で司令部を再編するための時間を稼がなければならない。

四月一八日には隊長代理の中井大尉も戦死した。二〇日の時点で「第一挺進工兵隊（含作業中隊他）」の戦闘可能兵力は、戦死した中井大尉に変わって指揮した安田大尉以下二〇数名となった。その夜、ついに撤退命令。

このイリサン撤退により、米軍は直接バギオを主攻撃目標と切り替えた。四月二四日夕刻、バギオ市陥落。

「かくして挺進工兵隊イリサン附近の戦闘は終わった」

とある。

クラークでも、バギオでも、実質的な戦闘は四月にはすでに終わっていたということになる。

注：この項の引用記載のうち注釈番号がないものは、すべて「ああ純白の花負いて」⑴もしくは「陸軍滑空部隊外史」㈹からの引用である。

# 斬り込み隊

　さて、同じバギオでも「もう一つ別行動をとった部隊」とされている、正雄や竹内浩三が所属していた、館四郎大尉率いる「第一中隊」の動向である。この部隊に関してはほとんど資料が残されておらず、浩三のルソンでの足跡をたどろうとしてきた姉の松島こう、小林察、そして稲泉連などの探索を阻んできた。そのためこの動向についてはその数少ない資料と、小林や稲泉の調査記録に加え、正雄の記憶、そして状況証拠を交えて記載を行うことにする。

　ただし一兵士にすぎなかった出口正雄上等兵の記憶において、部隊の作戦や転進など大局的な動きに関するものは、全くというほど欠如している。このあたりはやはり兵士の観点から書かれている、松山宗正兵長の手記にもやや共通しているといえよう。

　まずは、実際に正雄が体験した戦闘について描写してゆきたい。


　防衛戦一辺倒であったこの頃の日本軍にとって、敵への攻撃戦法は「斬《き》り込《こ》み攻撃」と呼ばれる夜襲のみだったようである。さまざまな部隊が「斬り込み」をおこなったという記録が残っている。「猫の目部隊」と呼ばれたというほど(62)夜襲に特化した訓練を受けてきた正雄たち空挺隊員たちにとっては、皮肉にもようやく特殊能力を生かせる道だったかもしれぬ。

　「第一挺進工兵隊」の松山兵長は、

「四月に入ってからは、我々の部隊も夜間斬込作戦が始まり、斬込隊が編成されるようになりました」という。ちょうどこの隊がイリサンで攻撃の矢面に立っている頃であるが、

「斬込攻撃に出る者はほとんど帰って来ず、私たち部隊の兵員は減る一方でした（76）」

近年ＮＨＫが精力的に取り組んでいる「戦争証言アーカイブス」（55）では、このルソンにおける「斬り込み」に関する証言がいくつか編集されており、

「斬り込みは自殺しに行くのと一緒だった（村上正徳）」

「５５０人の大隊で５１４人が命を失った（小林峯彬に関する記載）」

などと、悲惨な結末がつづられている。

この全滅に近い状況に追いやられたのは、「第二三師団」の「歩兵七一連隊」に所属していた、畠中次男少佐の率いる「第三大隊」であった（「戦史叢書　捷号陸軍作戦（２）ルソン決戦」（53）、「ルソン戦記ベンゲット道」（45）、「激闘ルソン戦記」（9）：なお「戦争証言アーカイブス」（55）ではこの第三大隊長の名を「畑中次男」としている）。

「畠中第三大隊」はマニラから母隊に合流すべく、徒歩の急行軍で駆けつけたのであったが、到着してすぐにサンファビアンの米軍橋頭堡《きょうとうほ》へ斬り込みを命じられた。大隊規模における平地での斬り込みは、ほとんど犬死ににも近いものであったという。

しかしそもそも専守防衛を旨としていたはずのルソンにおける日本軍は、「斬り込み」などという暴挙に近い攻勢を取る必然性がまったくなかったはずである。ところが米軍上陸当初、新聞などでは本土決戦を前にルソン島の戦いが天王山と喧伝され、敵殲滅《せんめつ》への期待が高まっていた。防衛一辺倒では格好がつかない。

当時首相であった小磯国昭（こいそ・くにあき）が、この頃に陸軍に対し、

「何をしているのだ。ルソンで決戦はして居らんぢぁないか。参謀総長、何とか鞭撻《べんたつ》出来ないか（「証言記録

兵士たちの戦争」　フィリピン・ルソン島　補給なき永久抗戦　～陸軍第二三師団～」（59））」と発言した（「ＧＨＱに対する陳述書」）。そしてその後から前線の兵士たちに、攻勢のシンボルとしての「斬り込み」命令が頻繁に出されたと同番組では解釈している。しかしながらこの際に梅津（参謀）総長は、

「現地軍に委してある。奉勅《ほうちょく》命令は出せぬ」

と答えている（「戦史叢書　捷号陸軍作戦（２）ルソン決戦」（53））。また当初は山下大将も戦力を温存した持久戦を前提に、「永久抗戦」を考えていたとされる（「ルソン戦記ベンゲット道」（45））。

それを象徴するのが、

「自活自戦　永久抗戦」

という命令である（「「証言記録　兵士たちの戦争」　フィリピン・ルソン島　補給なき永久抗戦　～陸軍第二三師団～」（59））。

その後どういう経過を経て、世論や総理発言が現地軍に影響を与えたのかは不明であるが、一月一三日になって方面軍の武藤参謀長は、

「方面軍司令官の苦衷《くちゅう》を知っているか」

「今こそ撃って出るべきだ」

と方面軍参謀に発言し、この日に「独立混成第五八旅団（盟兵団）」から一個大隊以上、「第二三師団（旭兵団）」から二個大隊と「重見支隊（戦車第二師団（撃兵団）の戦車第二旅団）」を、挺進攻撃（この場合は「斬り込み」を意味している）することが決定された。

夜間にはからきし弱い戦車の特質を知りつくしていた、旅団長の重見伊三郎少将（27期）はこれに対し、

「非常識ではないか、（戦車による）夜間挺進はできぬ、やれぬ」

と強く異議を唱えたが（53）、結局出撃を余儀なくされ、旅団長以下ほぼ玉砕した。残った旅団副官石川茂夫少

佐以下約一〇〇名は、アンバヤバン河谷方面に退いた。

「斬り込み」という名称はいかにも勇ましいのだが、正雄たちがおこなったのは、

「代わりばんこに四～五人で斬り込み部隊をつくって、夜中にこっそりアメリカの幕舎《ばくしゃ》（軍用テント）のそばまで忍び込んで、手榴弾を投げ込む」

という単純なものであったという。まるで子供のけんかである。この程度のことしか反攻するすべがなかったのであろう。しかしいかに夜目が利く空挺隊員とはいえ、敵の近くに忍び込むまでが大変である。

図20　上：当初滑空歩兵第１連隊に配備された「九九式軽機関銃」最新鋭であった（資料(31)より）
中：陸軍歩兵に配備された三八式歩兵銃（資料(49)より）
下：三八式歩兵銃には菊の御紋が入っていた（資料(49)より）

「わしらの機関銃は撃つのにも弾制限があって、パパパン、パパパンといっぺんに三発しか撃ったらあかんかった」

それに比べアメリカは

「バババババババババッ」

と撃ってきたという。もとより勝負にならぬ。出撃当初にはさすが挺進集団だけあって、各中隊に最新鋭の九九式軽機関銃が与えられていたはずであったが(42)、この頃にはもう、ろくな銃が残ってなかったのだろう。

図21　左：九七式手榴弾（455g）（資料(33)より）　右：九九式手榴弾（363g）（資料(32)より）

最悪の場合は各人が装備した三八式歩兵銃だけか(49)。明治時代に開発された、日露戦争直後から使われてきた骨董品のような単発銃である（図20）。

手榴弾投げもたいへんであった。

「バババババババババッ」

の中で、敵の20～30mぐらいのところまで近づかなければ届かない。手榴弾はけっこう重いのである。この頃配備されていたのは九七式(33)と九九式(32)の両方があったと思われるが、九七式は４５５ｇ、九九式でも３６３ｇあった（図21）。

かの名投手、沢村栄治は78mという手榴弾投げの記録を持っていたという(50)。野球のボール（約１５０ｇ）の三倍の重さの手榴弾とあるから、九七式を投げたのであろう。そんな桁外れの強肩はともかくとして、普通の投擲《とうてき》力ならばせいぜい30mくらい飛ばせれば上出来である。竹内浩三は西筑波時代に体力テストで手榴弾投げをやった際、

「ミンナ二十米以上ハ投ゲル(67)」

と書いていたが、まあそんなところが関の山。ほとんど至近距離と考えてよい。

おまけに当時の日本軍の手榴弾はピンを抜いた後、

「カチン」

と、信管《しんかん》を硬いものに叩きつけてから、

「いち、にっ、さんっ」で投げることになっていて、その「カチン」のとき火花が飛んだのだそうだ。夜であるから、これを狙ってアメリカ軍が、

「バババババババババッ」

とくる。相手にこちらの場所を教えているようなものだ。またその頃、陸軍の教練では、

「ヘルメットでカチンとやれ」

と教え込んでいたという。なるほど周りに硬いものがないときでも確実な方法である。泥の中を匍匐（ほふく）前進しているような場合には、硬いものはヘルメットしかない。

しかしせっかく畦《あぜ》の中などに隠れているのに、頭の上で「カチン」とやったら見つかってしまうに決まっている。決まっているのに、みんなが馬鹿正直にこれをやっていたそうだ。その後、立ち上がってさぁ投げようとしたなら、格好の射撃目標となるのは火を見るより明らかである。

「わしは、岩でカチンとやった」

正雄はこういうときも抜け目がない。

ある夜のこと。

正雄たちが指名され「斬り込み」に出かけることになった。このときも四～五人で出撃したらしい。隊長は三〇歳くらいの曹長（か兵曹）であった。二二～三歳の現役兵士と違って、けっこうオッサンだったそうだ。腹がへっているとはいえ元気盛りの若者とかけずり回っているのだから、たいへんだったろう。

敵の幕舎を目標に、畑の畦に隠れつつ、少しずつ近づいていったという。相手に気づかれることなく、何とか目標の20～30ｍ地点にまで到達した。

「今だっ」

と、例のカチンである。手榴弾が爆発するまで四～五秒。相手も、

「ババババババババッ」

と撃ってくるが、首尾よく
「ドカーン」「ドカーン」

と爆発した。投げたあと、畦にまた身を隠す。また投げる。また
「ババババババババッ」

ときた。岩でカチンとやると、ちょっとだけみんなより投げ遅れるのだが、べつに戦規違反でもない。それになにも急いでそろって投げる必要もない。いろいろ正雄も考えたのではないか。

三〇分くらいも戦闘が続いたであろうか。なんと相手が、幕舎を捨てて逃走したそうである。人数的にも兵器の量も圧倒的に有利なのだから、そんな夜中に逃げなくてもよさそうなものだが、そこがアメリカ人か。こんなところで気の狂ったような「斬り込み」につきあってケガなどしたくはない。また、そのように指示されていたのかもしれない。アメリカ軍にとっては、これこそゲリラである。

この後正雄たちは、大胆にも静まりかえった幕舎を探索したというのである。敵が隠れていたらどうするのだ。しかも点呼をかけたら、五人のうち二人から返事がない。隊長もいない。それでも行ってみた。やはり若さか。

「わしらのちっちゃな幕舎と違うて、大っきなやつやった」

テントの真ん中に通路があり、三〇人分くらいのベッドが通路をはさんで左右に並んでいた。豪勢なものである。

いろいろ物色していたら、一つ背嚢《はいのう》（リュックサック）が転がっていた。開けたらタバコやカンヅメなどが見えたので、それを奪って持ち帰ることにした。返事がなかった二人はどうにも見つからないので、やむなく引きあげたそうである。

「アメリカの背嚢は日本のと違うて、斜めに背負うやつやったなぁ」

「それをわしが背たろうて持って帰ったんや」

例の水筒はこの中に入っていたという。

みんなで帰ってから「戦利品」を分けたそうだ。そしてこのときは正雄はタバコではなく、水筒を要求した。水筒も食えぬから、話はすんなりまとまったのであろう。

しかし相手は物量豊富で士気も高い米軍の駐屯場所である。いくら夜中に不意をつけたとしても、そんなことがあり得るのだろうか。畠中部隊などはほぼ全滅しているのである。しかも正雄の話も、妙に牧歌的なとぼけた雰囲気を漂わせている。

—お父さん、さすがにそれは息子でも鵜呑《うの》みにでけへんわ。ほんまにアメリカが逃げたりしたんかいな

正直思った。

ところがここでも、この話を裏付ける状況を描写する資料が出てきたのである。

「手榴弾を投げ込んで、敵が逃げたので、その隙に、食糧をかっぱらって帰ってきました。おかげで、ルーズベルト（当時のアメリカ大統領）給与の豪勢な食事にありつけました。二度目からは、食い物が目あてで、みんなが斬り込み志願になりました(45)」

「なかには無事に戻った〝英雄〟が、涼しい顔をして武勇談を語った。〜中略〜その兵の話が、まんざらウソでもない証拠は、敵の食糧を奪って持ち帰っているからである(60)」

「人選は〝死〟への指名と同じである。死地に追いやることになる。指名される者はつらいが、指名する者もつらい。だれもが、やがて自分にも順番が来ると思いながら、自分から名乗り出る者がいなかった。ところが、斬り込み隊の生還者があって、食い物の話を聞くに及んで、自ら斬り込み隊を志願する者が出た(60)」

みんな飢えていたのであろう。そんな状況の中、やはり空挺部隊員のタフさがあったのかなぁ。

さてその水筒を、実家に帰った際に改めて観察したところ、

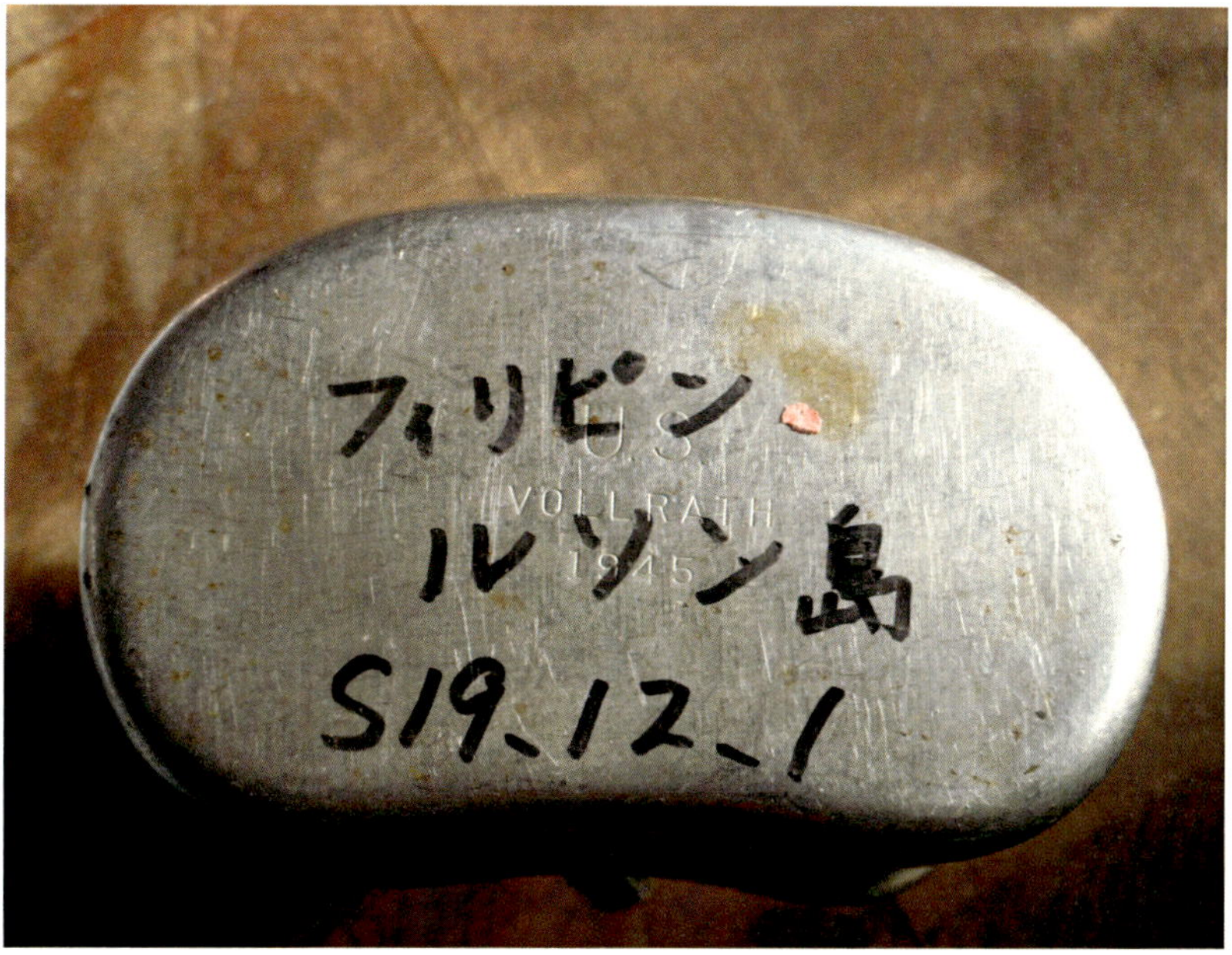


図 22　フィリピンの水筒　「U.S.VOLLRATH 1945」と刻印されている
（藤田幸雄撮影。大阪の実家にて）

「U.S. VOLLRATH 1945」

と底に刻印があった。「VOLLRATH」って何だろう、製造場所のことかと思って調べたら、アメリカのウィスコンシン州にあるメーカーの名前であった(74)。農業用品や蒸気エンジン製造から始まりホーロー製品で成功したが(73)、時代の流れとともにステンレス製品に主力をおいたところ、第二次大戦中は軍需製造に巻き込まれ一二〇〇万個もの水筒を作ったそうである。米兵の当時の装備品に間違いない。この会社は今では調理用器具などを製造販売している。

当時のアメリカ軍が認めた高いレベルのステンレス製だ。いまでも使えそうで、キャップのコルクもしっかりしている。底の刻印のそばにマジックペンで、

「フィリピン　ルソン島　S19.12.1」

と書かれていた。出征の日付の大まかな記憶をもとに記したのであろう(図22)。

「おまえの字か」

と正雄に聞かれたが、若い頃の美代子の字であった。今の私の字とよく似ている。われわれが生まれる前にも、この水筒を見せて美代子に戦争の話を聞かせていたのであろうか。

この水筒には後日ずいぶんと助けられたそうである。日本陸軍から支給されていたはずの水筒はどこでなくしたのか、みんなあまり持っていなかったようなのだ。

「煙でアメリカ軍に見つからんように、飯は晩に炊くんやけど、わしの水筒で水を川からくんできて炊いた」

また、飢えやその頃兵士たちを苦しめた、マラリアや赤痢などの熱帯病で倒れていった人たちの、死に水もこの水筒で取った。

「水を飲んだらあかへんのやけど「死んでもかめへんから飲ませてくれ」ていうから、この水筒で水をやった」

次の日の朝にみんなの様子を見に行ったら、

「そのまま、ぎょうさん死んどった」

話が多少前後するが、くだんの「斬り込み」が終わって帰隊するとき隊長がいなかったため、正雄は背嚢を担いで先頭で歩いていたそうだ。真っ暗闇で何も見えない。ヘビもたくさんいたというから、たいへんである。何しろ一年中半袖でいられる熱帯のジャングルの中だ。

猫の目もきかなかったのか、手探り足探りで前進していると、

「突然谷に落ちた」

という。

「２００ｍくらい落ちたんや」

ここからの正雄の記憶は次に救出されるまで、まったくないそうである。気がついたときは朝のようだが、次の朝なのか、その次なのかもよくわからない。一緒に帰っていた仲間が司令部に連絡を取り、救出に来てくれていた。よくまぁこんな戦場の中で来てくれたものだ。斬り込みの際に見つからなかった二人は手足を広げて縛り付けられ、なぶり殺しにあっていたというから、米兵かあるいは近くにいたフィリピン人たちもかなりの憎しみの感情を持って、日本兵を捉えていたのであろう。

見つけてくれた後、動けない正雄を何人かで担いでいってくれたそうだ。当人は右腰の後ろを激しく打撲しており、

「タコの骨なしみたいなもんやった」

立つこともままならなかった。

じつはこの話について美代子は、

「わざと落ちたかもしれない」

と長い間思っていたようだ。私が子どもの頃に正雄からこの谷底転落の話を聞いたときにも、彼が話し終えてトイレに行った間に、

「お父さんには内緒やけどな」

と念を押しつつ、

―もしかしたらわざとかもしれん、谷底に隠れてたんかもしれん
とささやいた。ある意味さすが夫婦といえる深読みである。結果としてこの転落のおかげで、死なずにすんだかもしれないのだ。

数年前に私がくわしくメモを取ったときに、正雄に記憶がなかったことや、みんなに担いでいってもらったという話を美代子も一緒に聞き、

「へぇー、ほんまに落ちたんやな」

ようやく納得したのかどうか。

父がこの打撲の影響で、長い間腰が痛かったのは確かであり、われわれが子どものときにも、

「腰もんでくれ」

と毎晩のようにいわれ、静雄がよくもんであげていた。幸雄はすぐに何かと理由をつけて、逃げてしまうのである。誰に似たのだろう。

# 館中隊の動向

さて問題は、正雄や竹内浩三たちが所属した「館中隊」が戦っていた場所が、どこであったかである。正雄の記憶からは「どこかの山の中」としか判明しない。最初に「青葉山丸」を撃沈されて逃げ込んで以来ずっと、「山の中」にいたというのだ。

田中賢一はこの「館中隊」についての数少ない記載において、

「滑空歩兵第一聯隊第一中隊（中隊長館四郎大尉少一九期）は、北サンフェルナンドからクラーク地区へ向かう最後の梯団に指定され、待機している間に猛烈な艦砲射撃を受け輸送手段を失った（「陸軍滑空部隊外史」（41））」

また前にもふれたが、この内容部分は小林察も「筑波日記」（67）で記載しており、

「竹内のいる中隊は、クラーク基地に向かう最後の梯団に指定されていたが、猛烈な艦砲射撃に合い、やむなくバギオに向かう」

と表現している（74ページ参照）。

そしてさらに、

「本面軍の命令により、その南側に陣地を占領して戦った（「陸軍滑空部隊外史」（41））」（著者注：「本面」は「方面」の誤植か）

また、

「滑空歩兵第一聯隊の第一中隊もバギオに行って第二三師団の指揮下に入るという惨怛たる状態になった(41)」などとある。

「館中隊」が隷下に入ったとされるこの「第二三師団」は、最初に斬り込みを命じられた「畠中大隊」も所属していた師団である。この師団はノモンハン事件での大敗北の後、台湾へ派兵される予定が、転じてルソン北部に送り込まれたのであるが、途中での輸送船撃沈などもあり、正雄たちが上陸前からさんざんな目に遭っていた。この当時「第二三師団」に所属していたのは九州各県の部隊で、

第二三師団司令部（熊本）　司令官・・・西山福太郎中将

歩兵第六四聯隊（熊本）　聯隊長・・・中井春一中佐
歩兵第七一聯隊（鹿児島）　聯隊長・・・二木榮藏大佐
歩兵第七二聯隊（都城）　聯隊長・・・中島嘉樹大佐
探索第二三聯隊（熊本）　聯隊長・・・久保田尚平中佐
工兵第二三聯隊（熊本）　聯隊長・・・水野捷海中佐
野砲兵第一七聯隊（熊本）　聯隊長・・・吉富徳三大佐

などであり、「旭兵団」と呼ばれた(53)。ただし輸送段階での敵攻撃により各連隊とも半数以上が海没し、相当な量の器材が失われていた。特に「第六四連隊」は連隊長の中井春一中佐以下、三分の二が海没という状況であった。そのため連隊を立て直し、ルソン上陸後は中島正清中佐（34期）が連隊長となっている。

この連隊および「第七二連隊」は、同じ梯団で一二月二日に北サンフェルナンドに到着。また鹿児島の「第七

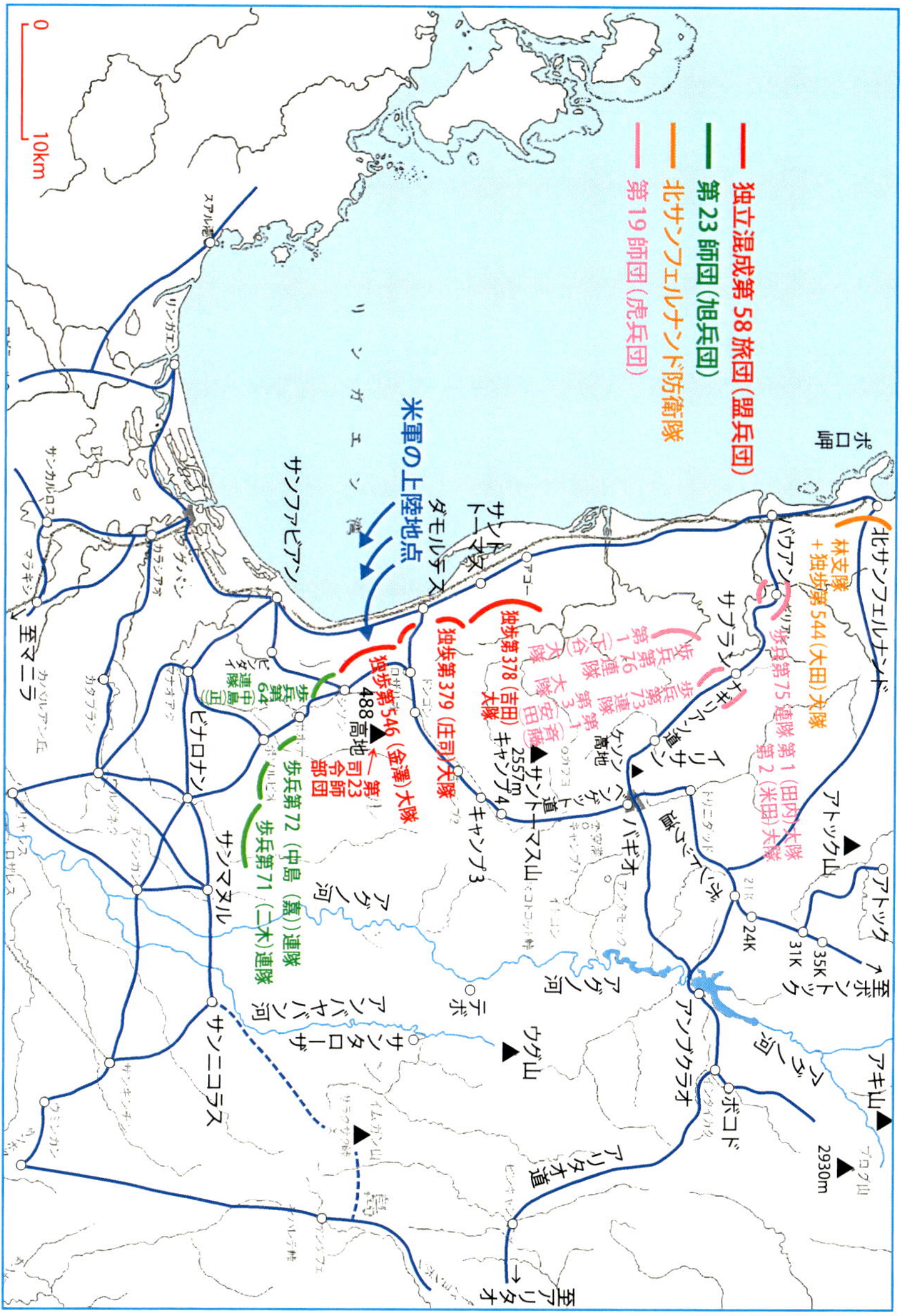


図23　1945年1月11日時点における各部隊の配置状況（前掲の図15下図に著者が加筆したもの）

一連隊」は幸い損害を受けず一二月一一日にマニラに上陸でき、徒歩でリンガエン湾地区に向かい二四日に合流する。延々と歩いてようやく合流した直後に、例の「第三大隊（畠中大隊）」はサンファビアンに向けての斬り込み命令を受けたわけである。

また「盟兵団」と呼ばれた、「独立混成第五八旅団」もこの地域で奮戦した。後に「第一挺進工兵隊（含作業中隊他）」と一緒にイリサンで戦うことになる、前述の部隊である。これらは合わせて「旭兵団」トップの西山中将のもと、リンガエン湾のダモルテスからサンファビアンにかけて上陸を敢行してきた、アメリカ軍防衛の配備についた（53）。

各部隊の大まかな配置は、「独立混成第五八旅団」が海岸に近い最前線、さらにその南に隣接して、「第二三師団」の三個連隊が並んだ。「第六四連隊」、「第七二連隊」、「第七一連隊」の順である（図23）。

バギオの南といえば南であるが、山下司令官のいる拠点のバギオを防衛するというより、米軍上陸を阻む水際作戦という位置づけである。「第二三師団」の司令部が構築された「８３３高地」もリンガエン湾を望める海に近い場所にあり、「畠中大隊」が斬り込みを敢行したのも海際の市街地サンファビアンである。したがって「バギオに行って第二三師団の指揮下に入る」

という「陸軍滑空部隊外史」（41）の記述とはどうも一致しない。バギオとはまったく方向が異なる場所で「第二三師団」の主力は戦っており、こちらに参入するには、北サンフェルナンドからまっすぐ海岸線を南下しなければならないはずである。

また「第二三師団」の三つの連隊は撤退に次ぐ撤退を繰り返し、バギオ南側に通じる「ベンゲット道」を敗走してゆくことになるのだが、これらの部隊のどれかに正雄たちが所属していたとすると、稲泉連が厚生省援護局から入手したという（5）、「滑空歩兵第一連隊の部隊略歴」の記載とも不一致が生じてくる。

この略歴によれば、

一二月一九日　館大尉指揮の一ヶ中隊門司出発
一二月二九日　「ルソン」島北「サンフェルナンド」上陸
自一月九日
至三月九日　山岳州「アンブクラオ」附近の警備並に道路構築に従事
自三月一〇日
至三月二五日　「アグノ」河左岸「エム」山附近の戦斗参加
自三月二六日
至四月一六日　山岳州「アトック」山附近の戦斗参加

となっている。バギオ東方の「アンブクラオ」や「アグノ河左岸」で戦ったあと、北方の「アトック」で戦っているところなどは、後述する浩三の戦死公報に記されている「死亡認定理由書」と一応重なり合っている、と稲泉連は指摘しているのだが、また一方では、

「この動きは同じ船に乗っていた作業中隊のものだとも考えられるという」

と述べている。そこでこの「略歴」を、以前に「バギオの工兵隊員たち」の項目でふれた「第一挺進工兵隊（含作業中隊他）」の動きと照らし合わせてみると、アトックでのゲリラ討伐任務が完了した四月一三日が一六日となっている以外は、ぴたりと重なり合っていることがわかる。すなわち、

① 一月九日にバギオを発してアンブクラオに至り、道路構築をしている
② 三月一〇日に転進命令を受けアグノ河近辺で戦闘をおこなっている
③ 三月二六日にアトックに移動し戦闘をおこなっている

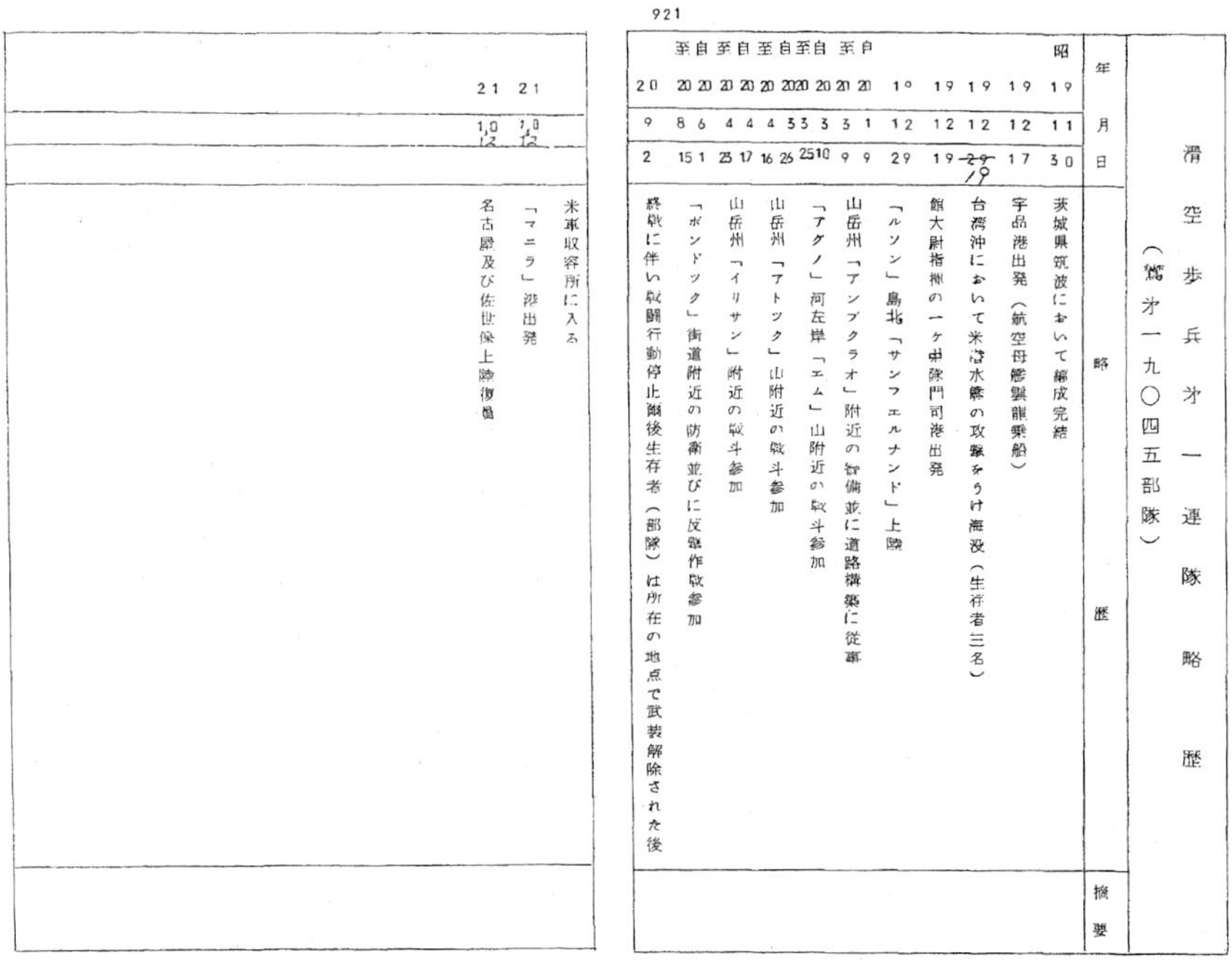

921

滑空歩兵才一連隊略歴

（鷲才一九〇四五部隊）

| 年 | 月 | 日 | 略歴 |
| --- | --- | --- | --- |
| 昭19 | 11 | 30 | 茨城県筑波において編成完結 |
| 19 | 12 | 17 | 宇品港出発（航空母艦雲龍乗船） |
| 19 | 12 | ~~29~~ 19 | 台湾沖において米潜水艦の攻撃をうけ海没（生存者三名） |
| 19 | 12 | 19 | 館大尉指揮の一ヶ中隊門司港出発 |
| 19 | 12 | 29 | 「ルソン」島北「サンフェルナンド」上陸 |
| 自20 至20 | 1 3 | 9 9 | 山岳州「アンブクラオ」附近の警備並に道路構築に従事 |
| 自20 至20 | 3 3 | 10 25 | 「アグノ」河左岸「エム」山附近の戦斗参加 |
| 自20 至20 | 3 4 | 26 16 | 山岳州「アトック」山附近の戦斗参加 |
| 自20 至20 | 4 4 | 17 23 | 山岳州「イリサン」附近の戦斗参加 |
| 自20 至20 | 6 8 | 1 15 | 「ボンドック」街道附近の防衛並びに反撃作戦参加 |
| 20 | 9 | 2 | 終戦に伴い戦闘行動停止爾後生存者（部隊）は所在の地点で武装解除された後 |
|  |  |  | 米軍収容所に入る |
| 21 | 10 12 |  | 「マニラ」港出発 |
| 21 | 10 12 |  | 名古屋及び佐世保上陸復員 |

摘要

図24　「滑空歩兵第一聯隊略歴」(18) より

という点ではまったくの一致を見せる。

小林察も「恋人の眼やひょんと消ゆるや」(21)で指摘している、同じ「滑空歩兵第一連隊」にいた「作業中隊」の行動との混交と取れる部分がどうしても気になって、私もその「略歴」を「厚生労働省社会・援護局業務課調査資料室」に正雄の代理として申請し、ようやく手に入れることができた。すると、この連隊の主力（正雄と浩三が所属していなかった諸隊）が「雲龍」でルソン島に向かった部分の記載も目にしたのである。その写しをすべて掲載する（「滑空歩兵第一聯隊略歴」(18)（図24））。

稲泉連が引用していなかった箇所として、館中隊に関する記載の前に、

昭和一九年一二月一七日　宇品港出港（航空母艦雲龍乗船）

昭和一九年一二月一九日　台湾沖において米潜水艦の攻撃をうけ海没（生存者三名）

とあるのだが、二つあった歩兵中隊である「第一中隊」と「第二中隊」の区分もなければ、「作業中隊」の名も出てこない（47ページ参照）。これでは雲龍組とタマ三八船団組との区別がまったくされていないことになる。生存者も二名は工兵隊員であるから明らかに混同している（58ページ参照）。この「略歴」がどなたの記憶によって記載されたかは不明であるが、当時の「復員局」でも中隊レベルに至るまでは、それぞれの足取りが明らかになっていないようなのだ。

すなわちこれらの資料を積み重ねて判定できることは、

「「滑空歩兵第一聯隊略歴」にある記載のうち、北サンフェルナンド到着以降のものは、消息が確かだった作業中隊の足取りだけを追ったものである可能性がきわめて高い」

ということである。

ではもう一つの「館中隊」はどうしていたのか。はたして「第一挺進工兵隊（含作業中隊他）」と行動をともにしていたのだろうか。すなわち沈没した「青葉山丸」乗員たちも、「日向丸」乗船組だった「第一挺進工兵隊」たちと一緒にバギオに行き、方面軍の命令ですぐに道路工事に着手したのであろうか。

「フィリピンで工事なんかしてへんかったなぁ」

当の正雄は、「工兵隊」や「作業中隊」との帯同を否定している。

アンブクラオで道路工事などしていれば忘れるはずがない。そういった仕事が三度の飯より好きな人である。狂喜乱舞とまではいわないが、嬉嬉として作業に取り組んだことであろう。なにしろ工科学校土木科出身（9ページ参照）であるからして。

このグループではないとすれば、正雄が上陸後に所属していた部隊のもう一つの候補は、北サンフェルナンドで停留していた兵員を集めて一月五日に結成されたという「臨時歩兵第六大隊（宮下大隊）」である。クラーク

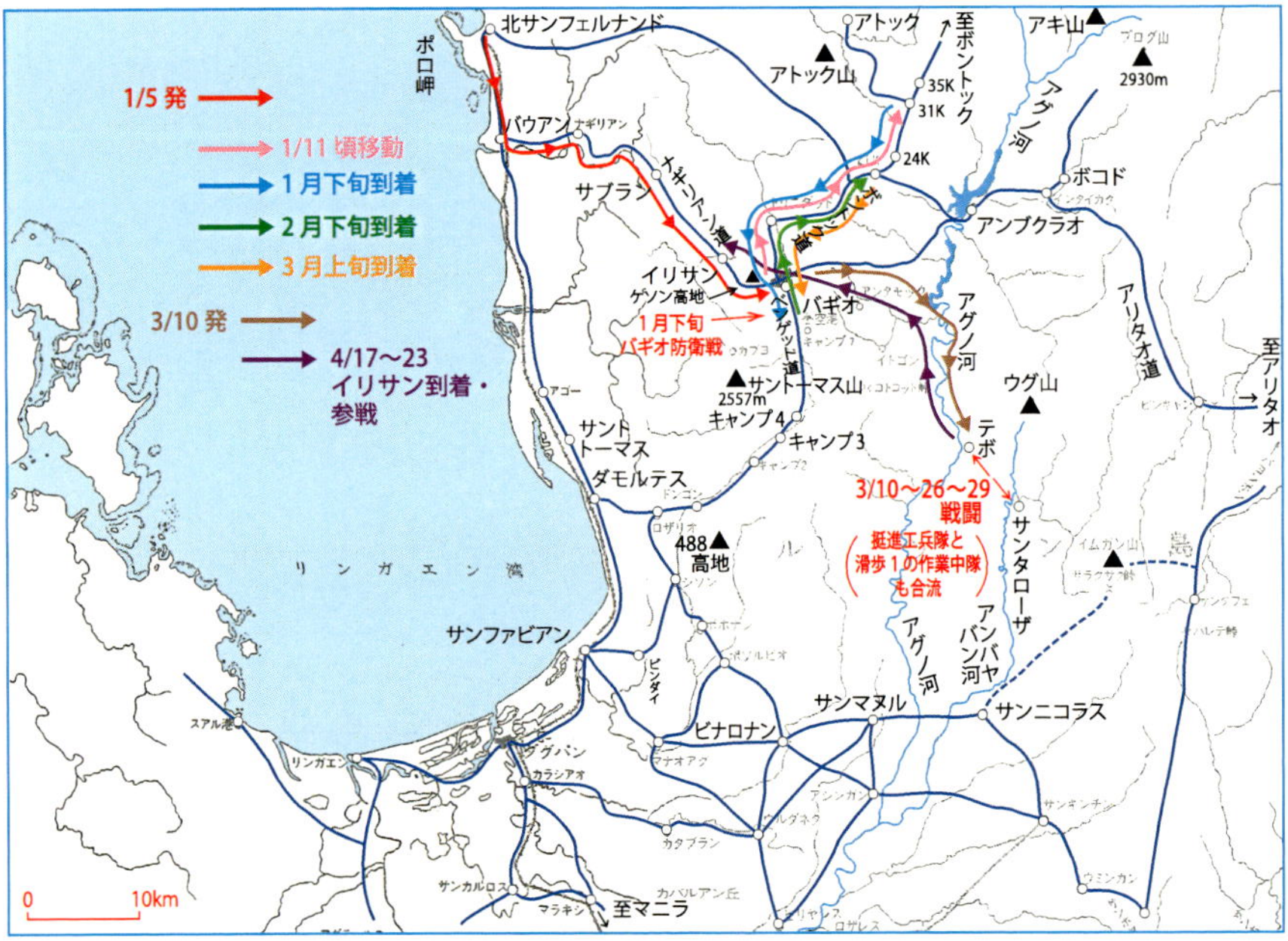


図25　「臨時歩兵第6大隊（宮下大隊）」と「捜索第16連隊（日比連隊）」が
同一行動を取ったと仮定した移動行程（前掲の図15下図に著者が加筆したもの）

行きに取り残され、北サンフェルナンドで待機していた「館中隊」は、ここで「宮下大隊」に取り込まれた可能性も高い。

「宮下大隊」は防衛庁防衛研修所戦史室が編纂《へんさん》した「戦史叢書《そうしょ》　捷号《しょうごう》陸軍作戦（2）ルソン決戦」(53)に、その移動行程を認めることができる。そしてこの大隊はしばしば、日比知（ひび・さとる）大佐の率いる「捜索第一六連隊」と、同じ場所に配備されていた。「戦史叢書」では「日比聯隊」、「日比部隊」、「日比支隊」とさまざまに表されているこの部隊（本書では「日比支隊」で統一する）と、「宮下大隊」がずっと行動をともにしていたと仮定すると、その行程は以下の通りになる（図25）。

①　一月五日に結成され、同日北サンフェルナンド発。バギオ近辺に到着

②　一月一一日にはボントック道を北上した位置まで移動

③　一月下旬、バギオ防衛隊としてベンゲット道を南下

④　二月上旬、再びボントック道を北上し21ｋ地点付近に移動
⑤　三月上旬には再びバギオ南部へ移動

「第一挺進工兵隊（含作業中隊他）」に負けず劣らず、東奔西走ならぬ北に南にと、バギオ近辺を行ったり来たりしている。

そしてその直後が重要である。三月一〇日の命令により急進する。

⑥「米歩一二六のⅡ（三月十一日テボに進出）の意外な出現に対し、わが日比支隊（捜一六）は十日、急遽《きゅうきょ》、バギオから南東進した。～中略～　日比支隊はテボ付近でアグノ河を渡河し、当面の敵（歩一二六のⅡ）を圧迫し、二十日にはサンタローサ北西方鞍部《あんぶ》南方高地のこの敵に夜襲を準備中であった（53）

陸軍記念日にあたるこの「三月一〇日」は、この年の各部隊にとっても重要な日となったようである。アグノ河を下りウグ山近辺に、さまざまな部隊が動員されている。ちなみに陸軍記念日とは、司馬遼太郎が著した「坂の上の雲」でも大きなトピックとして描写されている日露戦争の奉天《ほうてん》（現在の藩陽《しんよう》）会戦で、大日本帝国陸軍が同日に勝利したことを祝して制定された。また日本国内では同日に東京大空襲にさらされたが、米軍はわざとこの日を選んで攻撃を行ったともいわれている。

さて「第一挺進工兵隊（含作業中隊他）」もこの南方からの脅威に対処すべく、急遽道路工事を中断し、ここに駆けつけることになったことはすでに述べたが、それに関して次のような報告記録が残されていた。

尚武派電第三〇四号（三月十日、緊急、小沼副長発、武藤参謀長へ）

〜中略〜

六　「アリタオ」―「ボコド」道（筆者注　カヤバ道）構築中ノ建設団長指揮下部隊及「バンバン」附近ノ軍直小部隊ヲ以テ三月末約一大隊ヲ編成スルコトアリ（53）（筆者注：これは　長　福本留一少佐の第一挺進工兵隊基幹を考えたようである）（この注における「筆者」とは当該資料の筆者のことである）

三月一〇日発の日付で「編成することあり」といっておきながら「三月末」という記述があることには、やや誤植への疑問が残りながらも、彼らが道路構築から戦闘部隊へと転身させられた経緯が、如実に示されている文章である。

「第一挺進工兵隊（含作業中隊他）」の転進概略を記した「ああ純白の花負いて」（1）や、「陸軍滑空部隊外史」（41）で表現されている「有力な敵」とは、米軍の「歩兵第126連隊第2大隊」のことであった。この際「第一挺進工兵隊（含作業中隊他）」は

「捜索第十六連隊長の指揮下に入り（1）」

とあり、「館中隊」が「宮下大隊」や「日比支隊」に取り込まれていて、「第一挺進工兵隊（含作業中隊他）」と上陸当初の行動をともにしていなかったとしても、このとき偶然にも久々に同じ「滑空歩兵第一連隊」所属であった二つの部隊が、同じ場所、同じ指揮下で戦うことになったわけである。「滑空歩兵第一聯隊略歴」（18）に関する混同の理由も、こんな事情が関与しているのかもしれない。

さてその後、

尚武参電第十五号（尚武十八日発、派遣班二十六日受）

〜中略〜

「アンバヤバン」河谷方面ノ戦況ニ応シ「バギオ」周辺ニテ抽出シ得ヘキ兵力ハ挙ケテ之ヲ旭兵団ニ配属シ「サンタローサ」方面ニ攻撃セシメツツアリ

～後略～ (53)

というのがある。集結した部隊をまとめた方面軍直轄の「日比支隊」は、このとき「旭兵団」こと「第二三師団」の隷下となっているのである。ややこじつけめくが「滑空歩兵第一連隊」が、

「第二三師団の指揮下に入る」

という「陸軍滑空部隊外史」(41) の記載について、ここに根拠を求めることが可能ではある。ちなみにそれまでは「第一挺進工兵隊(含作業中隊他)」も「日比支隊」も「宮下大隊」もすべて「第一四方面軍」の「直轄部隊」なのである。

「日比支隊」は、じつによく戦っている。

尚武参電第九四号(三月二十六日発　バンバン派遣班あて)

一　旭の日比支隊ハ二十一日「サンタローザ」西北方鞍部南方高地ノ敵ニ対シ夜襲シ其ノ一部ヲ奪取セシモ敵迫撃砲ノ集中射撃ノ為多大ノ死傷者ヲ生シ目下近ク敵ト対峙中ナリ　二十五日夜攻撃ヲ再興セルモノノ如キモ状況詳カナラズ　敵ハ約三〇〇ヲ以テ鞍部北側高地ニ、約一〇〇ヲ以テ鞍部南側高地ニ陣地ヲ占領シアリ　日比支隊ノ戦力約三〇〇(二十三日現在)ナリ「ウグ」山ニハ目下守兵ナク日比支隊長ハ二十二日峰松部隊ニ対シ「サンタローザ」東方高地ニ攻撃スヘク命令セリ

そしてこの後の顛末《てんまつ》に関する報告で、ついに館四郎大尉が率いていたと思われる部隊が公式記録に顔を出す。

尚武参電第一二四号（三月二十九日発）
～中略～
三「アグノ」河河谷ノ石川部隊一度守ヲ失フヤ尚武ハ捜索聯隊、館隊等使用シ得ル最後ノ戦力ヲ之ニ投入セルモ日比支隊ハ多大ノ損害ヲ出シ州境附近鞍部ヲ奪取シ得サル状況ニ陥リ遂ニ同地附近ニ陣地ヲ占領セシムルノ已ムナキニ至レリ（53）（傍点は著者によるもの）

「ぼくもいくさに征くのだけれど」（5）で稲泉連も引用している部分であるが、「館隊」に関する記載は二段組で690ページにも及ぶ「戦史叢書　捷号陸軍作戦（2）ルソン決戦」（53）の、この一カ所だけであった。しかし間違いなく「館隊」（これを「館中隊」あるいはその一部と捉えるのが妥当だと考えるのだが）はこのとき、「捜索聯隊」こと「日比支隊」と同じ場面で戦闘を繰り広げているのである。

ここまでの戦況を多少の推測も交えて補足説明すると、

「バギオの東南部に位置する、ウグ山近辺を流れる「アグノ河」右岸の「テボ」、さらに東に流れる「アンバヤバン川」右岸の「サンタローザ」近辺にかけて、南方より米軍の「歩兵第126連隊第2大隊」をはじめとする戦力が展開してきた。

これを「戦車第二師団（撃兵団）」の「戦車第二旅団」（旅団長　重見伊三郎少将：この旅団は一月一三日の武藤参謀長の挺進攻撃方針に沿って、一月二八日にサンマニエル（サンマヌル）において戦車による夜襲命令を受けた末、旅団長の重見少将以下ほぼ玉砕し、アンバヤバン川沿いに撤退していた（95ページ参照））の残兵約一〇〇名が旅団副官である石川茂夫少佐指揮のもとで、「石川部隊」として防戦に努めたが戦力はほぼ枯渇しており、形勢は極めて不利であった。

そこで日比知大佐率いる「捜索第一六連隊」が三月一〇日発してバギオから、また同日に「第一挺進工兵隊（含作業中隊他）」がアンブクラオから、さらに遅れてアリタオから「丸尾大隊」が救援に駆けつけた。この際、各部隊は日比大佐の「捜索第一六連隊」の指揮下に入った。館四郎大尉率いる「滑空歩兵第一連隊第一中隊」の一部もここに含まれており、十八日からは第二三師団の配属下にまとめられた。「日比支隊」は三月二一日には敵への夜襲を敢行し「サンタローザ」西北方の鞍部南方高地の一部を奪取したが、迫撃砲の集中砲火を浴びるなど多くの死傷者を出す大きな損害を受けた。二五日には再び夜襲をかけたが奪取ならず、もはや米軍が鞍部陣地を占領することを防げなくなった」

この地域における激闘は四月中旬まで続いている。ただし先にもふれた通り「第一挺進工兵隊（含作業中隊他）」は三月二六日にこの戦場を離脱し、アトックでゲリラ討伐を命じられている（三月二一日）。そしてその後ナギリアン道の危急の報に接し、急遽イリサンへ駆けつけた（四月一四日）。

一方「日比支隊」（この時は「館隊」を併合していたと考えられるのだが）のテボからの転進は四月一六日頃からであり、その先遣《せんけん》隊は一七日、主力は二二日にイリサンの司令部に到着し、イリサン北部からの側撃を担当した（53）。

「第一挺進工兵隊（含作業中隊他）」も、そして「日比支隊（含「館隊」）」も結局イリサンにてまたも共同戦線を張ることになるわけであるが、はたして竹内浩三や正雄は、これら「アグノ河河谷《かこく》」での激戦、そしてイリサンへの経路とどう関わっていたのであろうか。

# 正雄と浩三の動向

話を一度、「滑空歩兵第一連隊」の北サンフェルナンド上陸当初に戻す。

この揚陸段階において、「館中隊」が被った「青葉山丸」撃沈の影響は、けっこう深刻なものであったようである。正雄の記憶によれば、この船に乗船していた兵士たちは、すぐに北サンフェルナンドから移動できなかったというのだ。同じく「青葉山丸」に乗船していて部隊器材の半分を喪失したという「器材小隊」が、一月五日にクラークに向けて出発できたのは、自動貨車等を所有する機動力ゆえであったのだろう。

またつい最近になってからなのだが、北サンフェルナンドに取り残された彼らが斬り込みにいったのは、かなり海岸線に近い場所での命令下であったことを思い出した。すなわち正雄の周りの兵士たちは、「第一挺進工兵隊（含作業中隊他）」や「宮下大隊」などとともに、一月上旬という初期段階でバギオに到着できるような状況ではなかったことが、強く示唆される。

北サンフェルナンドからナギリアン道にかけて配備に着いたのは、正雄たちと一緒に「タマ三八船団」で到着した「第一九師団（虎兵団）」の各部隊であった。この師団はそもそも全兵力同時にルソン島へ輸送される予定だったのだが、

「大本營《だいほんえい》は門司で前記歩兵三コ大隊を後回しにして下船させ、代わりに滑空歩兵第二聯隊などを乗船させたのであった（53）」（55ページ参照）

結果的に「雲龍」撃沈のあおりを受けた形であるが、「第一九師団」の兵力はルソン上陸段階で、九個大隊の

はずが六個に減少してしまった。すでに乗船していた兵士たちをわざわざ直前に下船させてまで乗せたのであるから、いかに大本営が「挺進集団」に期待をしていたかともいえるが、当然各部隊間の反目もあったにちがいない。そんな混乱の中であるから、いわば半端者だった「滑空歩兵第一連隊第一中隊」や「同作業中隊」が、同じ船にまとまって乗ったかどうかもはなはだ疑問である。

三分の二の戦力になってしまった「第一九師団」のうちわけは、尾崎義春中将（23期）のもと、

歩兵第七三聯隊　　聯隊長・・・田中寛大佐（26期）
歩兵第七五聯隊　　聯隊長・・・名越透大佐（28期）
歩兵第七六聯隊　　聯隊長・・・見政八郎大佐（26期）

の三つの歩兵連隊と、「青葉山丸」でその装備が海没した、

山砲兵第二五聯隊　　聯隊長・・・谷口瞎之助大佐（26期）

というものであった。

予定通り「タマ三八船団」で運ばれた各部隊（第一梯団）は、急遽下船させられた残りの三個大隊（第二梯団）（一二月二三日に門司を発し、三一日には高尾に寄港している(60)）や軍需品（弾薬のほかにガソリン一千本と米一万トン）が、一月六日に到着するのを北サンフェルナンドで待っていたわけである(53)。

ところが「第二梯団」は米軍機動部隊の活動が活発になったため、途中の高尾で足止めになっており、「第一九師団」の主力は待ちぼうけになったところへ米軍船団の砲撃、空襲、上陸を受けてしまった。

「米（こめ）は来ないで、米（べい）さんが来よった（60）」

ただ米軍の上陸はやや南方のサンファビアンからダモルテスにかけてであったから、一月七日以降逐次バギオ方面にナギリアン道に沿って引き下がり、ナギリアンには「歩兵第七五連隊」が、さらにバギオよりの中間地点附近には「歩兵第七三連隊」が、そこからやや南側の山間部には「歩兵第七六連隊」が陣取った（一月一一日時点「戦史叢書　捷号陸軍作戦（２）ルソン決戦」（53））（１０７ページ図23参照）。

一方、北サンフェルナンドを担当したのは「盟兵団」こと「混成第五八旅団」の「第五四四大隊（太田正巳少佐（特志））」を基幹とする部隊であり、これを「第二三師団」で「歩兵第七一連隊」所属（45）の林安男大佐（31期）に指揮させて「林支隊」とした。またこの時ナギリアン道をバギオ方面に向かっていた「歩兵第七三連隊」からも、前述の「外館中隊」だけが北サンフェルナンドに引き返して（76ページ参照）「林支隊」に参画している（60）。

この「林支隊」には基幹となる「太田大隊」のほかに、

「所属部隊は五〇余もあった（53）」

という。その多くも、

「部隊は形がなくなり、少数の者が寄り集まって（53）」

いただけの集団であった。どうやらこの雑多な部隊群の多くを、日高信男少佐（52期）を隊長に任命してまとめ上げ、「太田大隊」と並べて「日高大隊（臨時歩兵第九大隊）」としたようである。

しかしながらこの「日高大隊」は問題だらけであったというのだ。

「全くの雑軍を寄せ集めて、部隊に作り上げたばかり（45）」

というありさまであり、さらに

「主力となっているのは、暁（あかつき）部隊の通称で呼ばれている各種の船舶部隊である。その人員は約千名であった。これらは、元来が海上輸送や船舶関係の勤務隊である。陸上で戦闘するための装備もなかったし、訓練もしていなかった(45)」

と、戦力にも期待が持てなかった。そして、

「このほかに日高大隊に編入されたのは、海没部隊の生き残りの兵員である。乗船は撃沈され、将兵は体一つで辛うじて北サンに上陸したから、武器弾薬は持っていなかった(45)」

「第二三師団」の兵士たちがルソン島に向かう際に輸送された船団（ヒ八一船団）は、台湾に向かうまでの航路で「あきつ丸」や「摩耶山丸（まやさんまる）」、また護衛戦隊の空母「神鷹」が、米潜水艦によって沈没させられている。そのため救助船に収容された生存者を、北サンフェルナンド上陸時点で「海没部隊の生き残りの兵員」と、呼んでいたのかもしれない。母隊は壊滅しているのだから、いわば半端兵力である。

これらの兵士たちと同じような取り扱いで、この「海没部隊」には「青葉山丸」撃沈のあおりを食った乗員たちも含まれていたのではないか、と思われる状況なのである。しかし「館中隊」まるごとの所属であれば、仮にも「第一挺進集団」の精鋭たちであるから、十把一絡《じっぱひとから》げに「所属部隊は五〇余もあった」とか「全くの雑軍」などと、ぞんざいに扱われることなどあり得まい。すなわち、

——「館中隊」は北サンフェルナンド上陸時にほとんどが分散した可能性がきわめて高いのである。

全員が「青葉山丸」に乗っていたため撃沈のあおりを受けて分散したのか、そもそも門司で急遽「第一九師団」と交代で乗船した際に、「青葉山丸」グループと「日向丸」や「吉備津丸」乗船グループが分かれてしまっていたのか、そこは定かではないが、少なくとも「滑空歩兵第一連隊第一中隊」所属兵士の一部が、北サンフェルナンドにおいて本隊に取り残された状態であったことは、正雄の記憶を信頼する限り確かであろう。またこの状況ならば、先述の「日比支隊」とは違った形ではあるが、

「第二三師団の指揮下に入る（「陸軍滑空部隊外史」(41)）」ことにもなる。ただし「バギオに行って(41)」からではない。

北サンフェルナンドにおける初期の混乱ぶりについて、「林支隊の本部では、編成を終わったばかりの部隊が、どこに、どのような状態でいるのかも明らかでなかった。本部も大隊もあわてふためいて、北サンの海岸から三キロメートルほど東にある、高さ二百メートルの丘陵地帯に入った(45)」

「北サンの港の南西にのびているポロ岬には、日本軍の弾丸、ガソリン、食糧などを集積してあった。林支隊はもとより、山下軍の全部隊に、緊急に必要な物資である。林支隊の乙副官、中台中尉が、それを取りに行った。途中で艦載戦闘機グラマンに追いまわされて、近づくことができなかった(45)」と記載されており、物資を置いて山に逃げ込んだ様子などは、正雄の記憶ともほぼ一致している（69ページ参照）。

しかし「全くの雑軍」であったという「日高大隊」もその後、北サンフェルナンドから転進に次ぐ転進を重ねる。主だったところを記すと（図26）、

① 「日高大隊」の編成が完結して一月一五日にバギオ防衛司令官の指揮下に加えられたが、一月一八日には「第二三師団」に所属がえとなった

② 一月下旬には「日比支隊」や「宮下大隊」とともに、バギオ南方に配備される

③ 一月二七日、「重見支隊」や「大盛支隊」の壊滅を埋めるため、「第二三師団」の防衛左翼として「歩兵第

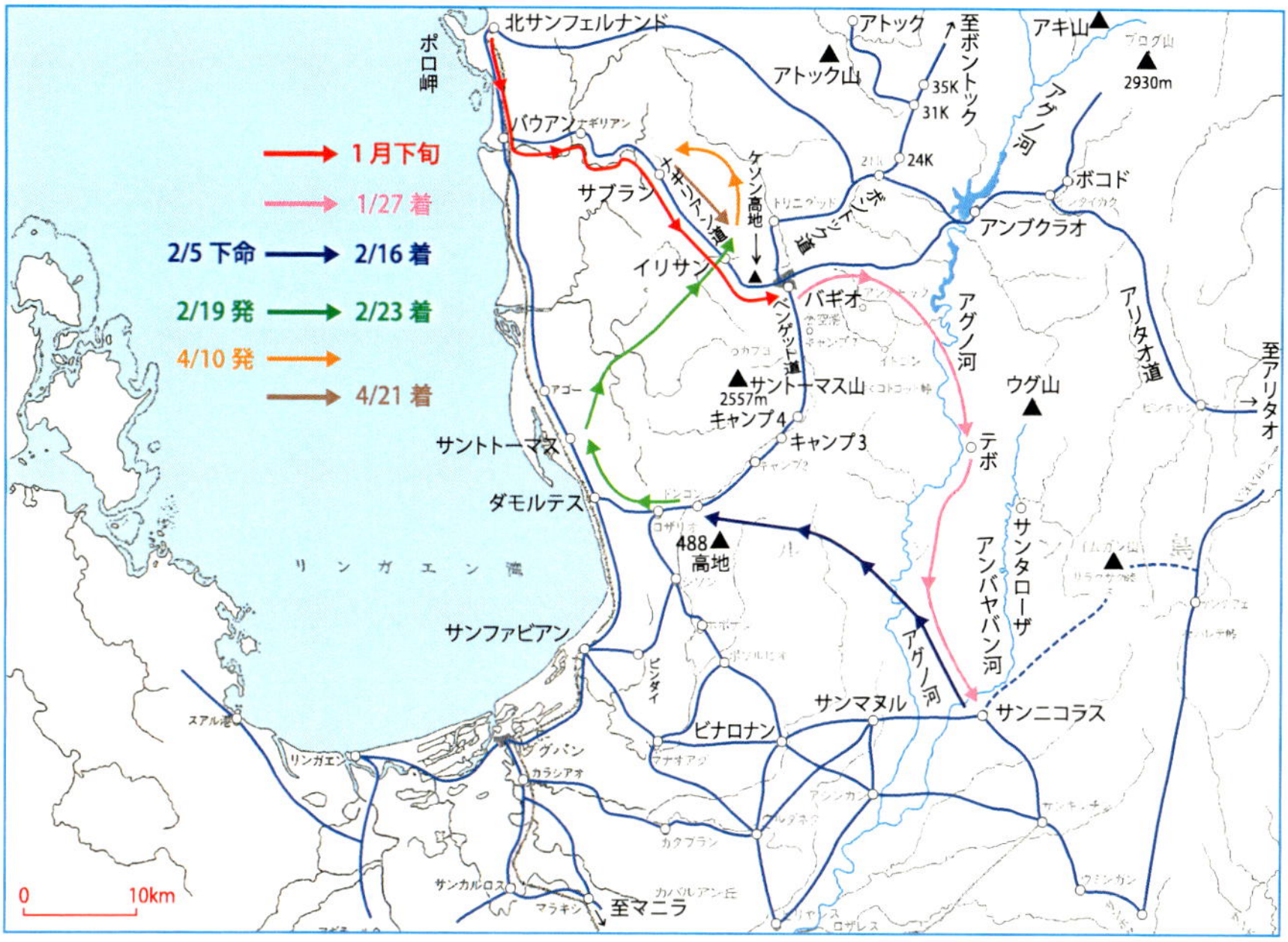

図 26 「日高大隊」の行動経過（前掲の図 15 下図に著者が加筆したもの）

七三連隊（斉藤大隊）」とともに、サンニコラス附近に急進

④ 二月五日、キャンプ・ワンへ転進命令
⑤ 二月一六日、到着
⑥ 二月一九日、サントトーマス経由の転進開始
⑦ 二月二三日、イリサンに集結
⑧ 二月下旬、「独立混成第五八師団、第五四五大隊（西村勇少佐―特志）」が大隊長以下多数戦死したため、「臨時歩兵第九大隊」を吸収合併して新たに「日高大隊」として結成した
⑨ 四月一〇日までイリサンに駐留
⑩ いったんサブラン迂回攻撃を行った後
⑪ 四月二一日、イリサンの旧陣地に復帰して、四月二二日にはイリサン北側にて「日比支隊」とともに側撃要員となった

ここに「館中隊」の一部が含まれていた可能性は十分あると思われるのだが、「第一挺進工兵隊（含作業中隊他）」や「日比支隊」、「宮下大隊」の一月上旬よりは遅いとはいえ、この部隊も一月下旬にはすでにバ

ギオに向かっており、

「サンフェルナンドから動けなかった」

という正雄の供述との齟齬《そご》が気になるところである。

しかしそれはともあれ、結局のところ「第一挺進工兵隊（含作業中隊他）」や「日比支隊」と同じく、「日高大隊」も四月上旬から中旬にかけては、イリサン集結を命じられていたのであった。

さて「日高大隊」転進後も、北サンフェルナンドにとどまっていた「林支隊」のその他の部隊群であるが、徐々に孤立した戦いを余儀なくされていた。考えられないようなことではあるが、この部隊はこの時点で通信機器も通信隊も持っていなかったというのだ(45)。ほどなくしてアメリカ軍将校が指揮するところの「米比軍」ゲリラ部隊に包囲され、苦境に陥った。

三月六日一八時。

これを救出すべく「第一九師団」の「歩兵第七五連隊第一大隊（大隊長　田内義七少佐（50期））は、一部戦力をナギリアンに残し主力をもって出撃した(45)」。ところが同夜の夜間攻撃で田内少佐が重傷を負い、バギオ病院に後送、さらに翌八日、

「大隊長代理藤井大尉（第三中隊長）が戦死し、翌九日から本間正治大尉（第一機関銃中隊長）が大隊長代理となり、北サンフェルナンド地区で東奔西走、敵部隊攻撃を開始した。しかし、わが戦力は漸減し、逐次、斬込戦法に転移せざるを得なくなった(53)」

わずか二日で、大隊指揮官が二回も変わるという苛烈《かれつ》なる戦いであった。そしてその後の三月一二、一三、一四日にかけても「本間大隊（田内大隊）」は奮闘する（「ルソン戦記ベンゲット道」(45)）。一方この資料では、林安男支隊長の人となりについてきわめて批判的である。

「北サンで血戦死闘したのは虎第十九師団からの救援大隊であり、林支隊長と本部は、後方の山中に潜んで、指揮統率もできないでいた」

「そして激戦一週間にして救援大隊は力尽きて壊滅状態になった。このため北サンの防御は不可能になった」

「北サンの部隊のなかで、一番先に逃げだしたのは、林大佐の一団であった」

というのだ。

三月一八日、方面軍司令部は北サンフェルナンド撤収決定。二三日、「本間大隊」は「林支隊」のしんがりとして南下、バウアンの北方2㎞から山中に入った。そしてようやく二六日夜、ナギリアン陣地に逃げ込んだ。林支隊長はこの間の二二日に司令部に到着となっている（「戦史叢書　捷号陸軍作戦（2）ルソン決戦」(53)）。

正雄の記憶と照らし合わせると、彼は北サンフェルナンドにとどまった「林支隊」の「雑軍」の中にいたという可能性が一番高い。しかし基幹であった「太田大隊」の所属では確実にないし、またくだんの「雑軍」を集めたはずである「日高大隊」もすぐにバギオに転進しており、こちらの線もきわめて薄いものとなった。

ところがこんな記載があったのである。

「北サンから撤した林支隊（太田、田内両大隊を除く）は二十二日からイリサンに集結し、二十五日、盟兵団の配属を解かれた。林大佐はバギオ防衛隊長に任命された(53)」（傍点は著者によるもの）

しんがりとして北サンフェルナンド防衛を支えた「太田、田内大隊」とは別に、林大佐とともにイリサンまで撤退した部隊群があったのである。正雄たちはまさしくここに所属していたのではないか（図27）。

そしてさらに状況は変遷する。それまで司令官であった林安男大佐が、突如別の任務を与えられた。それは、

「歩兵第七一連隊の連隊長」

という驚くべきような辞令であった。

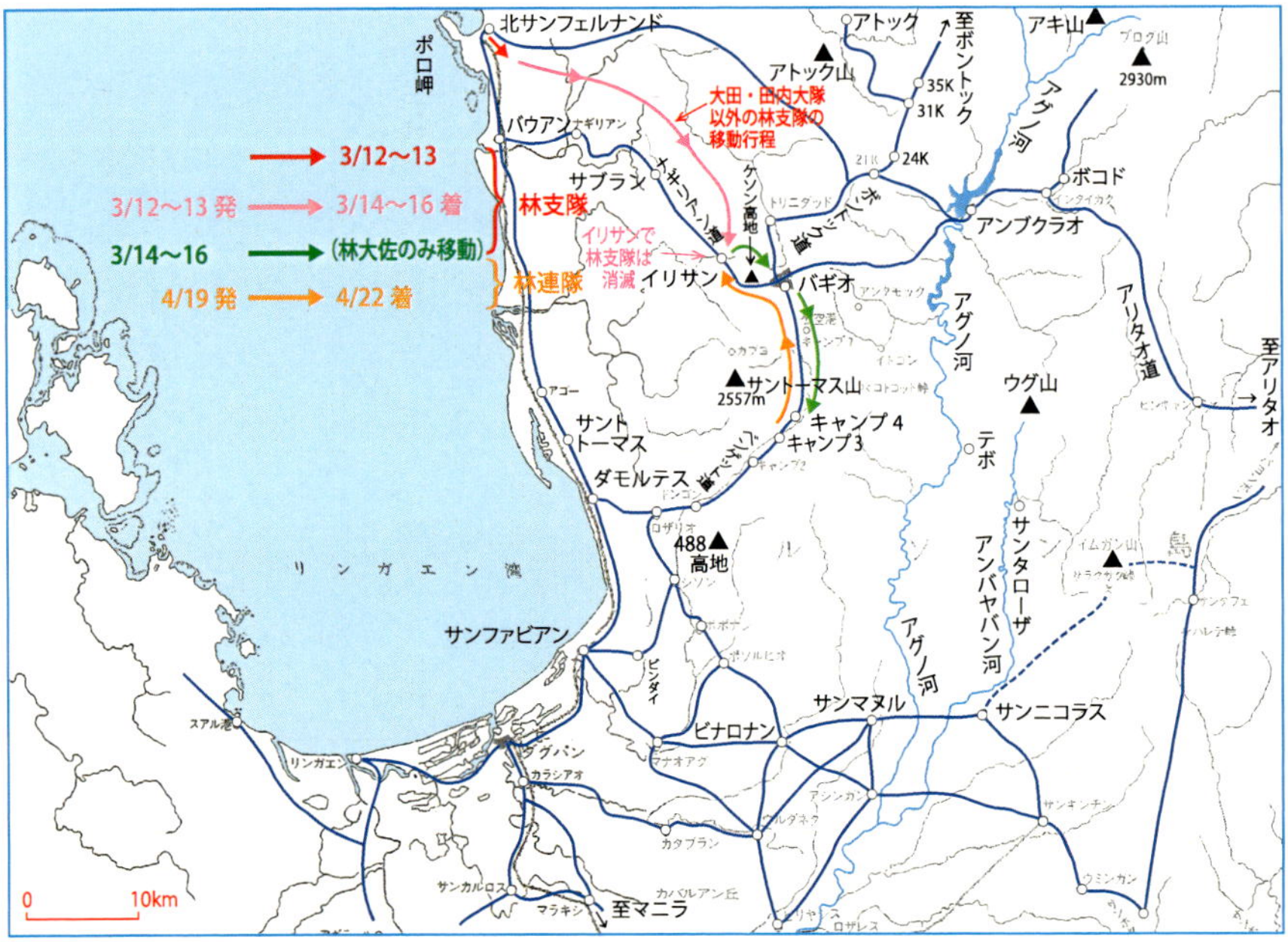


図 27 「林支隊」及び「林連隊」の行動経過（前掲の図 15 下図に著者が加筆したもの）

三月二五日に

「バギオ防衛隊長」

に任命されたとありながら、急転直下の配置替えである。同じ「戦史叢書」の中でも、四月一〇日付けで突然、

「ベンゲット道の林聯隊」

として、まったく別の場所における「歩兵第七一連隊」の動向が登場する。その間の記載はない。

このあたりの事柄について高木俊朗は、当時林安男大佐の副官として北サンフェルナンドからの事情を知る、伊藤孝三中尉の記憶を引用しつつ、その経緯や日付に関する疑義を提示している（「ルソン戦記　ベンゲット道」(45)）。

その記載によれば、

「林大佐が、死闘している部下の大隊に対し、一言の決別のあいさつも、激励の言葉も残すことなく、北サンを去ったのは、三月十二日か、十三日」

そして、

「それからは夜間だけ歩いて、昼間は林のなかや岩陰にひそんだ。こうして二晩か三晩かかって、朝の光の中に、破壊されて廃墟となった、大きな市街を望んだ。それがバギオであった」

この際バギオの方面軍司令部で、山下大将と面会している。その後武藤方面軍参謀長から、「第二十三師団司令部付き」を命じられ、さらに司令部にトラックで到着するや西山師団長は「歩兵第七十一連隊長」に任命した、とある。すべて同じ日のことである。その日は、

「三月十四日から十六日の間と見ることができる（45）」

これは「戦史叢書」（53）の記載と一〇日程度前にずれている。そしてこの一〇日の違いが、後にふれる竹内浩三の動向に関する推測にも、大きく関与することになる。


それはともあれ、編成当初から歩兵第七一連隊の連隊長であった二木（ふたつき）榮藏大佐（31期）がこの頃マラリアで高熱を発したため、急遽林大佐とその職を交代したことは確かなようである。

「歩兵第七一連隊」は上陸初期には司令本部を４８８高地においていたが、二月二六日よりベンゲット道を撤退し、この頃はキャンプ３地点で陣地を構えていた。新「歩兵第七一連隊長」林大佐はここに赴任することになったが、キャンプ4地点でストップし、そこからキャンプ３の連隊本部にいる杉山五郎大尉以下に下命していたという（「激闘ルソン戦記」（9））。

この転任のため同行したのは伊藤孝三副官と「第二三師団」の井上参謀（井上至文中佐（40期）か）（「ルソン戦記　ベンゲット道」（45））であったが、当番兵などを何名連れて行ったかなどは不明である。ただこの時点で、北サンフェルナンド防衛にあたった「林支隊」は解散した。したがって旧「林支隊」の「雑軍」兵士たちは、またも霧散することになったのである。

「北サンから一緒に退却してきた、林支隊本部の下士官、兵らは、それぞれ他の部隊に転属になったらしく、姿が見えなかった（45）」

その後に至っては、どこにどう配属になったのかまったく辿りようがない。

新「林連隊」こと「歩兵第七一連隊」は四月一九日にキャンプ3を撤収、二二日にバギオ西方に到着、さらに約14㎞離れたイリサンに同日到着した。この部隊も四月中旬以降には、やはりイリサンでの戦闘にかり出されていたのであった。四月二五日イリサン撤収、その後はアンブクラオに向かったという（「戦史叢書　捷号陸軍作戦（2）ルソン決戦」(53)）。

「第一挺進工兵隊（含作業中隊他）」、「日比支隊（含館中隊）」、「日高大隊」そして「林支隊（転じて林連隊）」と、正雄と浩三が所属した可能性のあるすべての部隊が、最終的には四月二三日の方面軍司令部バギオ撤収を支えるため、ナギリアン道イリサンにて米軍をくい止めようと奮戦していたのであった。

はたして正雄と浩三は、どこまで行動をともにしたのであろうか。どこで離ればなれになったのであろうか。

# 敗残兵たち

話を今度はクラーク地区に戻したいと思う。三嶋与四治中尉たちの敗走の顛末である。

四月上旬。

集団での戦闘活動を停止した各部隊は、いくつかの区域に分散して自活態勢に入っていた。七〇〇有余名いた挺進集団の兵員は、この時点で40数名を数えるのみであった(75)。

「三月下旬から四月にかけて雨期となり」

と三嶋は回想する。

「被服は濡れ放題、飢えと戦う衰弱した身体にはこの雨がひとしおこたえ、マラリヤ、アミーバ赤痢など病人が続出、ここで戦友をかなり失いました(75)」

これら残員を三分割して芋畑やカボチャ畑に、それぞれ十数名ずつに分かれて住んでいたという。三嶋の芋畑には、途中から塚田集団長も一緒にいたようである。

三嶋はときおり放棄した複廓陣地にある洞窟に、敵のパトロールの目を盗んで食糧を見つけに行った。

「たくさんの洞窟は火炎放射器で焼かれ、どこの洞窟にも死体がたくさんあり、中には焼け残った籾《もみ》が残っておりました(75)」

運がよければ多少の食糧が手に入るが、

「これを取りに引き返したり、平地の部落に食糧探しに出かけた者もあったが、その多くは行方不明となった

（1）」

また、

「この附近には少数のネグリート族が原始農法で僅かの甘藷《かんしょ》を栽培しているに過ぎない（1）」

数少ない耕作物も争って奪い、住民をも敵に回すに至った。

日本の無条件降伏を知ったのは八月末になってからであり、飛行機がまいた「伝単《でんたん》（＝ビラ）」によってであった。その後は米軍から医療品や食糧などの空中投下を受け、傷病者の手当や体力の回復を図った。この際に何名かの部下が投降を拒み逃走したという。九月一二日下山、武装解除。

その後三嶋は手違い等により、モンテンルパの監獄にいた山下大将はじめ、方面軍司令部関係者と面会などもしているようだが、最終的にはマニラにほど近いラグナ河畔にあった、「カランバン収容所」の「第五キャンプ」で捕虜生活を送った。

三嶋たちの中隊は最も早い便で復員できたという。昭和二〇年一一月九日、マニラ発、一一月一五日、鹿児島の錦江湾港《きんこうわん》に到着。

「復員局の資料によりますと高屋支隊の生還者は28名となっております」

と「我等クラークに死せず（遺稿）」（75）は結ばれているが、

「終戦時には挺進集団の生存者約100名だけが塚田集団長の下に残っていた（「第一挺進集団」（7））」

「クラーク地区の挺進集団生き残りは一〇〇名内外と言われている（「ああ純白の花負いて」（1））」

という記録もある。

三嶋与四治氏は復員後、兵役前に入社していた松竹に復職、演劇部、松竹歌劇団を経て映画部門に配属、「砂の器」、「宮本武蔵」、「人生劇場」など数々の名作映画の制作に携わった。テレビ室長、映画宣伝部長、映画制作本部長を歴任、取締役を経て退社した。激務の傍らさまざまな講演活動などを精力的におこない、クラークでの戦いのことなどを伝えたという。久子夫人と死別後、七四歳で恵美子夫人と再婚。2002年に鬼籍に入られた。享年八一。

今際《いまわ》の際《きわ》に恵美子夫人の手を握り、

「私は結婚してよかった。私には子どもがいなかったが、娘、孫の楽しさの味わいをさせてもらってありがとう。それから私は戦争で戦友を多く亡くしたので、私の葬式は華やかにしないでくれ、お花もみんなおことわりしてほしい。お坊さんには、墨染の衣を着てお経をあげてほしい。たのむな」

入院中も戦争当時のことを何度もくり返し、最後まで戦友のことが忘れられなく、そう言い残して亡くなったという(75)。

一方バギオ地区において、イリサンでの戦闘で生き残った「第一挺進工兵隊(含作業中隊他)」の兵たちには、まだ過酷な戦闘が待ち受けていた。

「バギオ市街地北方を迂回して、ボントック道二十四粁《キロメートル》地点に至り、新たに構成された拠点の一角の防衛を担当した(1)」

この頃には「第五八旅団工兵隊」に編成替えがおこなわれたが、福本少佐が傷癒えて帰隊して隊長となった。

そしてその後ボントック道でも、激しい戦闘が始まる。

「敵軍はバギオを陥落しバギオ後方ボントック二十四粁に迫ってきたのでした(76)」

「その頃の部隊は、中隊長戦死、小隊長も全部戦死、戦闘の指揮は下士官がとっていたのです。戦傷を受けて動けなくなった兵達に、治療も、衛生材料、薬もなく、夜、ひそかに自決して行きました。私達はその姿を見てもどうすることもできませんでした(76)」

その後この部隊は、

「ボントック道を逐次後退し、七月下旬からアキ山山麓に陣地を占領（1）」

さらにゲリラと戦った。この頃の食糧事情について松山宗正兵長は、

「何でも手当たりしだい生で食べる、ワラビ、竹の子、キノコ、山にいる生きものでは、サル、ヘビ、ネズミ、カタツムリなど食べられそうなものは何でも食べつくして、とうとうカタツムリ一つ見つけることさえ困難なことでした（「私の真実敗戦記」（76））」

と述べている。特にクラーク地区との違いは、キノコの生育であったかもしれない。

「バギオ地区は五千フィートの山の高地のため気温も涼しく、六月ともなると雨期に入り、雨も多くなり、松林には色とりどりのキノコが無数に出るのでした。そのキノコをこれは食べられそうだと食べた戦友の二人は毒キノコ中毒で、その場で歩くこともしゃべることもできなくなり、記憶も薄れ、数時間後に息を引きとりました（76）」

この部隊で最後に残った者は約40名とされる（「ああ純白の花負いて」（1）、ならびに「私の真実敗戦記」（76）：ただし前者は後者からの引用かもしれない）。

米軍の攻撃は八月一五日の正午頃から止み、飛行機の飛来もなくなったという。終戦を知ったのは八月末であった。武装解除の上、

「ボントック街道五十三粁地点より徒歩で北サンフェルナンドの仮収容所に送られたのでした（76）」

このとき、80㎞の道のりを歩かされたという。その後鉄道貨車でマニラの「クロカン捕虜収容所」に送られた。ここは捕虜三〇〇〇名の編成であった。

ルソン島を後にできたのは昭和二一年（１９４６）一二月一七日。米軍船に乗船し、二四日の午後三時に名古屋港に入港した。

上陸当初以降北サンフェルナンド近辺にいたはずの正雄は、この頃どうなっていたのであろうか。あの夜の斬り込みを最後に、彼の戦闘は実質的に停止していた。なにしろ「タコの骨なし」である。野戦病院にいたのだろうか。もっとも野戦病院といっても屋根を吹き飛ばされた焼け跡などに、天幕を張ったり板囲いをしたりしたバラックでろくな手当もなかったのは、この時点ではどこでも同じであったろう。

何度か転進をくり返しているうちに戦局は次第に悪化し、次の戦場に向けて司令部も大きく移動することになったという。そのとき五〜六人いたという負傷兵は、置きざりである。ほんとに動けない者は、空気注射で処分されることもあったそうだ（10）。

「一個ずつ手榴弾を持たされた」

と正雄はいう。捕まりそうになったときの、自決用である。

這《は》うようにして移動してゆき、何人かの仲間とともに山小屋を見つけては拠点にした。さすがは若さで、少しは回復してきたのであろうか。かろうじて残っていた、あるいは地元民の田んぼから奪ってきた米を、鉄帽の中に入れ木ぎれでついて籾をとり、生で食べたそうだ。そんなつきかたでは、籾だらけであった。

「鉄帽での米つき」に関しては、クラークにおける三嶋与四治の記録でもふれられており、

「海軍の兵が籾を持っていて、それを鉄帽でついているのが羨ましくて仕方がありませんでした（75）」

とあるから、けっこういろんな人が物のない中で編み出した方法が、ヘルメットを容器に使うという工夫だったのだろう。よく赤痢などに罹《かか》らなかったものだ、と本人もいっていた。いくら段取り上手でも、これはどうにもなるまい。この頃にも例の水筒にはずいぶんと助けられた。一緒に谷底に落ちて一緒に救出された、運命の糸に導かれたかのような水筒であった。

転々と移動していく間、隠れに隠れて、うまい具合にアメリカ兵やゲリラとは出くわさなかった。出くわしたって戦いようがない。捕虜になるのは固く禁じられていたから、即自決である。手榴弾には不発も多かったよ

うで(10)、だからこのときの正雄のような境遇の人には、死に損なわないように念のため一発余計に渡されていたそうだ。

逃避行をつづける中、次々と仲間が死んでいった。口から目から鼻からびっしりとウジ虫がわいていた。東京から来たという寺田は、正雄より一つ年上で兵長であったそうだが、どこかの山の下りで力尽きて死んだ。息絶える前に、正雄に
「米くれ」

と何度も哀願したそうだ。しかし正雄はあげなかった。

「やったらわしも死んでしまうわ」

と答えたという。京都から来たという同学年の井上上等兵も死んだ。

このときの話は、美代子の方から何度も聞いた。正雄はこのあたりの話をあまりしたがらない。戦場のすさまじさを知らなかった美代子にとって、正雄が極限の状況で迫られた決断と、そのときの察するに余る心情は、大きな衝撃であったろう。それを息子たちに語り継いでおこうとしたのか。

けっきょく逃げつづけて終戦まで生き残ったのは、正雄ともう一人、長野から来たという井出の二人きりであった。

「井出とはずぅーと空挺部隊から一緒やったんや」

と懐かしがる。年齢は一つ下の一等兵だったそうだが、筑波を発つ直前に彼は階級章に星を一つ自ら付け足して、上等兵を装っていたという。なにやら浩三さんを彷彿とさせるような、いたずら小僧ぶりである。所属の上官に見つかったらどうするつもりだったのだろう。

井出は傷病兵ではなかったはずだが、山の中でどういう訳か一緒になり行動をともにするようになったという。山国から来た人らしくキノコに詳しく、いろんなことをよく知っているずいぶん賢い人だったそうだ。

その知識にはずいぶん助けられた。けっこうキノコも食べたそうだが、運良く毒キノコにあたらなかったのは、この方のおかげであろう。また射撃も上手で、その辺に止まっていた鳥を三八銃で撃ち仕留めてくれ、二人で焼いて食べたという。

ジャングルの中で昭和二〇年（１９４５）八月一五日を迎えた。この日以降、米軍が終戦を知らせるビラを飛行機からまいたそうだ。山から出てきなさい、と。クラークでの三嶋たちと同じである。

しかし後にやはりフィリピンのルバング島で、終戦後三〇年も戦った末１９７４年に姿を現した、正雄たちと同い年の小野田寛郎《ひろお》さんもそうであったが、当時の兵士たちはそんなものウソだと、かんたんには信じないように教え込まれていた。神国日本は負けない、いつか誰か助けに来てくれる。

それでも敵攻撃が止んで一ヶ月近くも経つと、さすがにこれは変だということになって、自活していた兵士たちが次々と山から下りてきた。正雄たちもそれに続いた。

「終戦になって初めてバギョゥの町に入った」

と述懐する。

厚生労働省社会・擁護局業務課調査資料室に保存されている、正雄の兵籍に関する「身上申告書」には、

「昭和二十年九月十四日マデ比島《ひとう》ニテ勤務ス」

となっているから、山を下り武装解除されたのはこの日であろうか。

投降してアメリカ軍が最初にしたことは、正雄たちが差し出した三八式歩兵銃の上を、ジープで踏んでゆくことだったという。ずいぶん芝居じみた、憎しみのこもった儀式である。

—このとき例の水筒は、処分しておかなくてよかったのか

これは気になるところである。アメリカ軍のものであることは一目瞭然なのだから、見つかってしまえば厳し

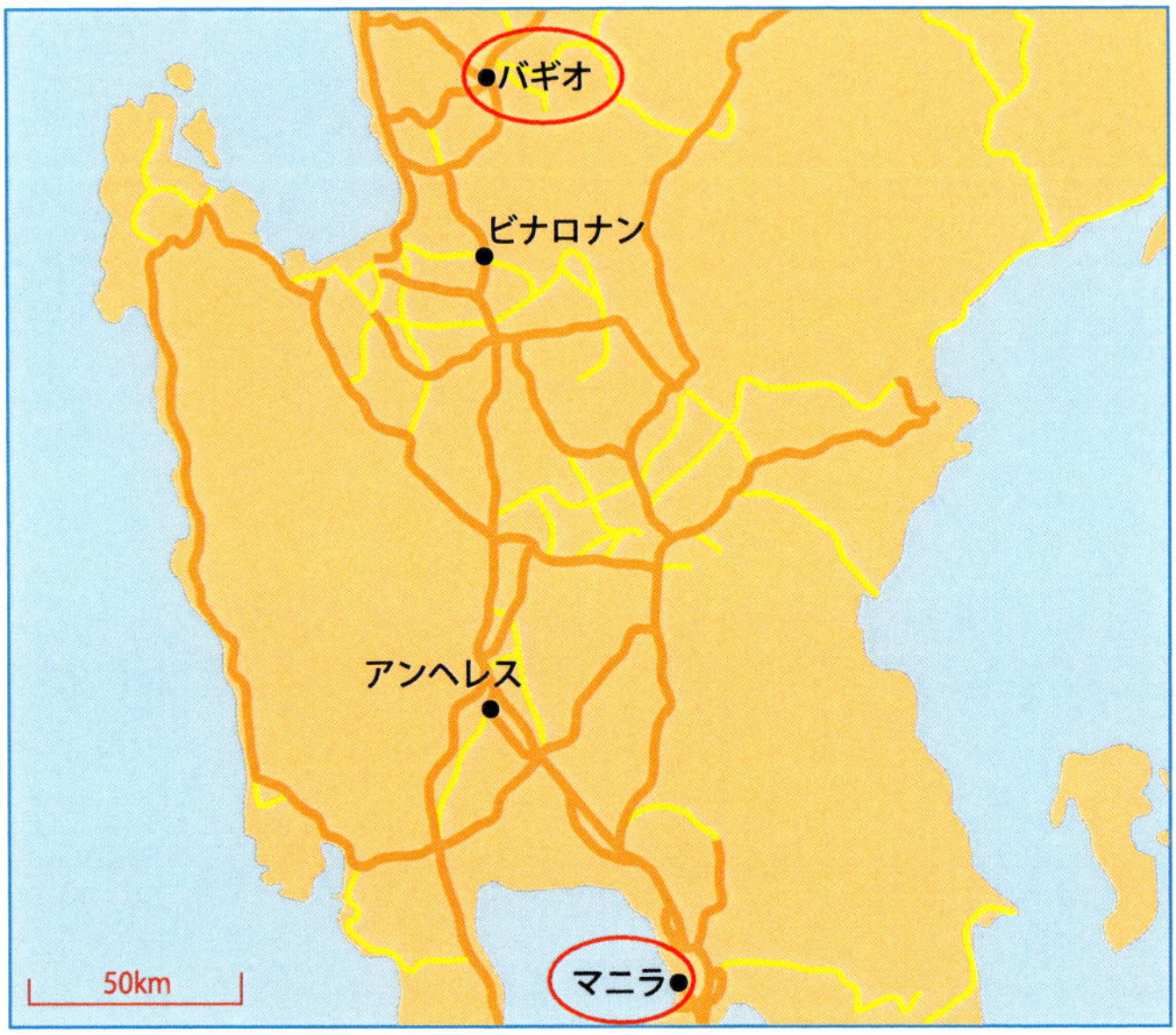

図28　バギオからマニラまでの道のり　ざっと200kmはあろうか

い取り調べを受けることは当然あり得る。即座に牢獄へ引き立てられても文句もいえまい。どう考えていたのであろうか。

「見つかったと思うんやけど、アメリカ人はいい加減なもんや」

特にお咎《とが》めはなかったようである。捨てるに捨てがたい大事な水筒だったろう。ありがたい無頓着さであった。このあたりは、本人もいい加減なもんや。

そしてこの後バギオからマニラまで、みんなでぞろぞろ

「四列で歩いて行った」

というのだ。マニラまでは２００km以上の道のりである（図28）。かつて畠中大隊がマニラからビナロナンに向けて強行軍し、到着直後に斬り込みを命じられた、その道を逆行したのであろうか。黒人のアメリカ兵が見張りについていた。

マニラまでの途中にいろいろな町を通ったが、町の人たちがずっと兵士たちを食い入るように見つめるのである。親兄弟を殺した日本兵を見つけたら、それをアメリカ兵に訴える。見張り兵士はさっさと引き渡したそうだ。多くはなぶり殺しの運命である。ずいぶん現地の人たちに酷いことをした者もいたのだろう。

若い娘たちも声をかけてきた。たくさんの男たちを日本兵に殺されており、身近に若い男性がほとんどいな

かったのである。これでは子孫を残せない。にっくき日本兵ではあるが、頭はよいだろうから何かと役に立つかもしれない。

呼びかけに応じて、現地に居残った兵士たちも大勢いたそうである。正雄にもずいぶんお声がかりがあったという。

「みーんな、日に焼けて真っ黒くろけなんやけど、わしはそんなときでも白いきれいな顔をしとった。男前やしな」

なにしろ色白の正雄である。長嶋茂雄ちょい似のちょっといい男。

「マカンダンダラガー、マカンダンダラガー、いうて声かけてきよるねん」

現地語で何という意味なのか、と聞いたら、

「おとこまえ、ちゅうこっちゃ」

と、ずっといっていたので、子どもの頃から何となくそれを信じていたのだが。

数年前に仕事でフィリピンに初めて行くことがあり、これはいい機会だと地元の人に聞いてみた。すると、

「マカンダンダラガーという言葉はない」

というのである。おやおや。

「でも、マガンダンウマガーとはいいますね」

それだ。きっと親父は、ウマガーをダラガーと聞き間違えていたのだ。何という意味だ、といきごんで確認したら、

「おはよう、という意味です」

「・・・・・・・・・・！！」

いやはや、正雄は若いフィリピンの娘たちが「おはよう」と挨拶していただけなのを、鼻の下を伸ばしながら、

「わしはフィリピンでも男前や」

と、ニタニタしていたのであった。もっとも、言葉より気持ちを読んだのだと、本人は言い張るかもしれないが。

マニラで捕虜収容所に入れられた。本人はどこの収容所かは記憶にないのだが、前述の「身上申告書」には「カランパン収容所」の「第八キャンプ」と書かれてあった。ここでまた「第五キャンプ」にいた三嶋与四治と近くにいたことにはなる。もっともキャンプが違えば、会う機会などあるわけもないが。

使役と称してドラムカンを転がして整理などをしていたという。収容兵たちに与えられた衣服には両膝と背中に、

「ＰＷ」

と書かれていたのだそうだ。

「どんな意味やったんやろうなぁ」

と聞かれて、はたと思い当たったのが
「Prisoner of War」（プリゾナー・オブ・ウォー：戦争捕虜の意）

である。確か戦時中の日本人捕虜について説明している、いくつかのホームページサイトにもこの記載があった。これらのサイトでは
「ＰＯＷ」

となっているが、辞書で調べたら「ＰＷ」も使われている。念のため、

「お父さんな、それってＰＯＷとちゃうか。「Ｏ」を忘れてへんか」

と聞いたのである。すると、

「ちゃうちゃう。「O」なんかあらへんかった。右の膝に「P」、左の膝に「W」て入ってたんや。背中にはやっぱり左から読んで「PW」て書かれてた」

前から見ても後ろから見ても、向かって左から「PW」である。膝の文字の位置まで憶えているとは恐れ入った。またも身内話で申し訳ないが、英語はからきしなくせに、こういうピンポイントな部分については、正雄の記憶の正確さには驚くべきものがある。

佐藤義徳が著した「傷痕ルソンの軍靴」(60)にも、このくだりを発見した。

「ガソリンを浴びせて燃える野天の炎の中へ、私たちは身につけていた衣服をことごとく脱いで投げ入れ、最後に、脱いだ軍靴をほうり捨てた。それから、真っ裸のままシャワーに連行され、戦塵《せんじん》の汚れを九ヶ月ぶりに流した。代わりに与えられた米軍の衣服には、背と膝と尻にペンキで大きく〝P・W〟の文字が書いてあった」

捕虜収容所ではみんな腹ぺこで「骨皮筋右衛門(ほねかわすじえもん)」のようだったのだが、早めに投降した兵士たちはすっかり捕虜の境遇になじんでおり、米兵宿舎の炊事当番をしていたという。アメリカ流の飯をたらふく食べて、しっかりボテボテと太っていた。すでにアメリカ軍スタッフの一員であるからなのか、ずいぶん日本兵に対して威張っていたそうだ。

「もし日本が勝ってたら、あいつらみんな銃殺やったやろな」

老いてなお、こんなところははっきりとしている正雄である。投降しないで頑張って戦って、死んでいった戦友たちは何なのだ。

正雄たちの復員船はマニラから出た。その頃戦地で終戦となった兵士たちを迎え入れるために、たくさんの日本船や米軍船が就航している。いつどこに着いたのかも憶えていないといっていたが、これも「身上申告書」に

「昭和二十一年十一月二十七日復員ノ為同日マニラ港出港ス」

「昭和二十一年十二月六日名古屋港上陸」

とあった。三嶋与四治たちに遅れること一年余り、「第一挺進工兵隊」の松山兵長や正雄たちは同じ頃、名古屋にて再び母国の地を踏むことを許された。

西筑波にはじまりバギオ高地のジャングルまで一緒に生き抜いた井出一等兵とは、捕虜収容所やこのときの復員船まで一緒であったが、この後で別れそれ以来会っていないという。

正雄帰郷の際の母シヨの喜びは、如何ばかりであったことだろうか。

# 竹内浩三の消息

最後に竹内浩三である。

一番大きな疑問点は、戦死したとされる四月九日時点で、それが確定された「バギオ北方１０５２高地」という場所に、どのように移動していたのかであろう。竹内浩三の郷里に送られてきた「死亡告知書」に添付されていた「死亡認定理由書」にある、「生死不明となりたる前後の状況」（図29）には、

「昭和二十年三月十日滑空歩兵第一聯隊は、館大尉指揮の下にバギオ東方附近の戦斗に参加撃斗を重ね多大の戦果を発揚するも同年三月二十日以降バギオ北方一〇五二高地に集結し敵陣地の斬込及敵戦車の肉迫攻撃戦斗に終始して同年四月九日同附近の斬込戦斗に参加し未帰還にて生死不明なり」

と記載されている（21）（37）。実際に所属していた可能性のある先にあげた四つの部隊の動きと、どのように照合できるのであろうか。

一つ一つ検証してゆこう。

一、まず、「第一挺進工兵隊（含作業中隊他）」と一緒に行動していた場合である。この部隊群は三月一〇日にアグノ河近辺で「石川部隊」の加勢に向かい、「日比支隊」などとともに南方から来た米軍との激闘に加わった。この後三月二六日付けでこの戦線を離脱してアトックに派遣され、三月三一日にゲリラ討伐をおこなっている。そしてこの任務後の四月一三日にイリサンに向かうことになるのであり、「バギオ北方１

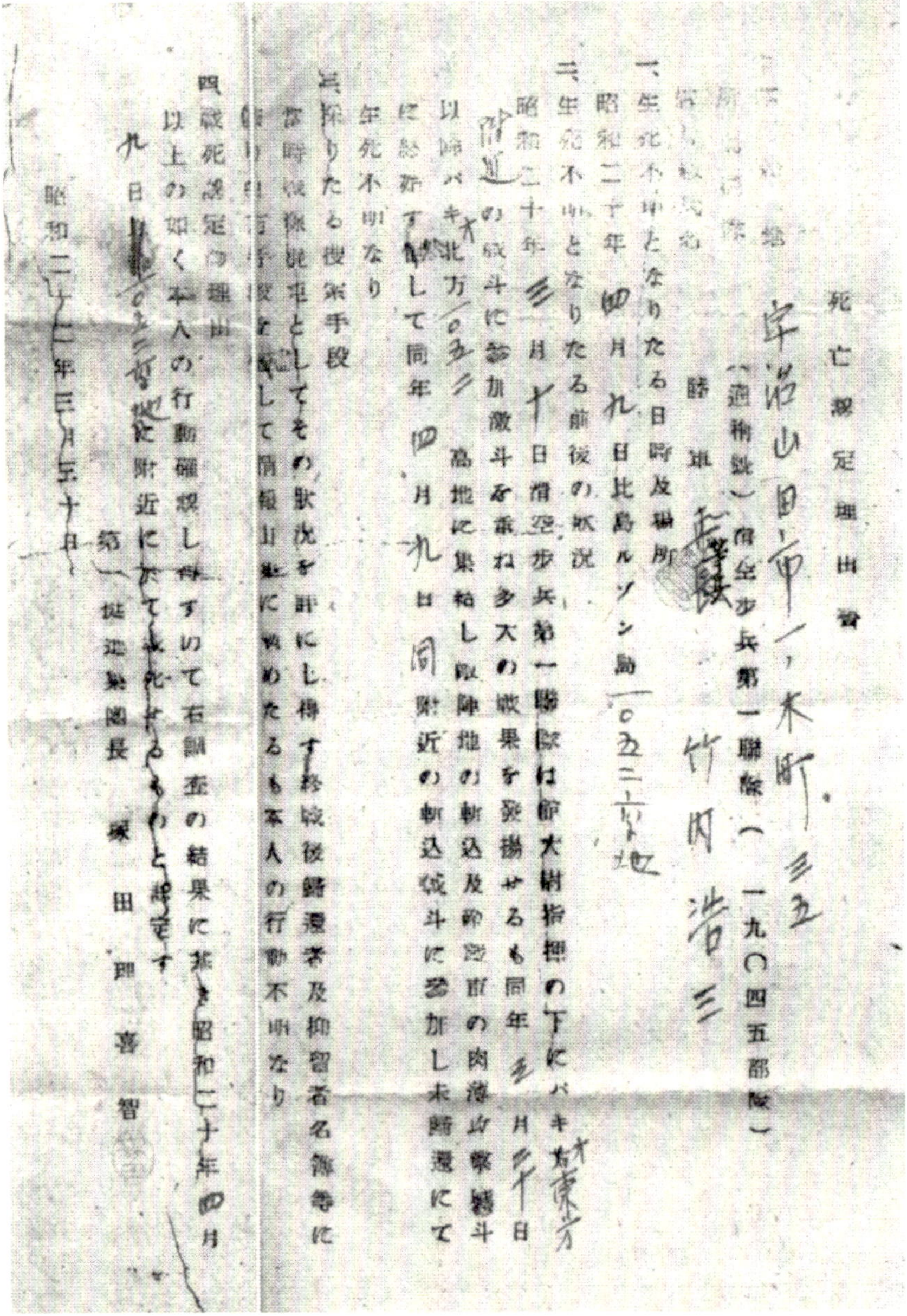

死亡認定理由書

本籍 宇治山田市一ノ木町 三五

所属部隊（通称號）留守歩兵第一聯隊（一九〇四五部隊）

階級 兵長 竹内浩三

一、生死不明となりたる日時及場所

昭和二十年四月九日比島ルソン島一〇五二高地

二、生死不明となりたる前後の状況

昭和二十年三月十日[illegible]歩兵第一聯隊は節大樹指揮の下にバギオ東方附近の戦斗に参加激斗を重ね多大の戦果を発揚せるも同年三月二十日以降バギオ北方一〇五二高地に集結し敵陣地の斬込及砲兵陣の肉薄攻撃斗に参加すべく出発して同年四月九日同附近の斬込戦斗に参加し未帰還にて生死不明なり

三、採りたる捜索手段

当時戦況は主としてその状況を詳にし得ず終戦後帰還者及抑留者名簿等に依り生存者捜索を実施して情報出先に求めたるも本人の行動不明なり

四、戦死認定の理由

以上の如く本人の行動確認し得ずして右調査の結果に基き昭和二十年四月九日[illegible]一〇五二高地附近に於て戦死せるものと認定す

昭和二十二年三月二十日

第一復員集団長 塚田理喜智

図29　竹内浩三の「死亡認定理由書」（「日本が見えない」（37）より転載）

052高地」への「集結」が始まった三月二〇日時点では、まだバギオ南東方面のテボからサンタクローザ付近にいるはずである。

さらに、竹内浩三の戦死日とされる四月九日時点にいたアトックであるが、この場所はバギオからボントック道を北上し、アンブクラオに向かう道との分岐点である「21㎞地点」を通過し、さらにアトックへの道との分岐点である「31㎞地点」から北西に10㎞ほど上がってゆく。

バギオの北といえば北であるが、そんなに離れた山地を「バギオ北方1052高地」と呼ぶにはどうにも違和感がある。さらにこの急な転進は「集結」というよりゲリラ討伐部隊としての「派遣」であり、前述のように四月一日にはすでに潰走させている。したがって四月九日に至るまで「敵陣地の斬込及敵戦車の肉迫攻撃戦斗」がおこなわれていたとは考えにくい。またゲリラは戦車を持っていなかった（89ページ参照）。

二、次に、北サンフェルナンドで結成された「宮下大隊」こと「臨時歩兵第六大隊」に所属し、「日比支隊」とともに行動していたとすれば、やはり三月一〇日にアグノ河を南下して、テボやアンバヤバン川右岸のサンタローザといったウグ山近辺で、四月一六日まで戦いを続けている。したがって浩三が四月九日に、バギオ北方にいることはまず不可能だろう。

右記の二つの部隊に共通するのは、前にもふれたが「南方からの有力な敵」こと米軍の「歩兵第126連隊第2大隊」の脅威に対抗すべく、それぞれがそれまで駐屯していた場所から、前述した陸軍記念日である（113ページ参照）三月一〇日に急遽転進を命じられている点である。竹内浩三の「死亡認定理由書」にもある「三月十日」付の記載、「滑空歩兵第一聯隊は、館大尉指揮の下にバギオ東方附近の戦斗に参加撃斗を重ね」は、この転進のことを指しているのに相違あるまい。すなわち「バギオ東方附近」とは稲泉連が推定したアンブクラオ(5)109ページ参照)を含むものではなく、それ以後の各部隊の転進場所である、テボからサンタローザにかけてのアグノ河、アンバヤバン河流域近辺に限定される。同じ東方でもさらに南下した東方である。

この際「日比支隊」は三月二一日には敵への夜襲を敢行、さらに二五日に再び夜襲を試みた。そんな状況の中、「使用シ得ル最後ノ戦力」として一緒に戦っていた「館隊」を、「三月二十日以降」などといった早い時点で、「バギオ北方一〇五二高地に集結」させるようなことがあるとは考えにくい。「第一挺進工兵隊(含作業中隊他)」も、この後の三月二六日付けでアトックに移動しているのである。

結論として一、二とも「三月一〇日」の「バギオ東方」には妥当性があるものの、「三月二十日以降」の「バギオ北方」への「集結」が合致しない。

三、さらに可能性があるのは、同じく北サンフェルナンドで結成された「日高大隊」こと「臨時歩兵第九大隊」であるが、二月下旬に「独立混成第五八師団、第五四五大隊」に取り込まれてから四月一〇日までイリサンに駐留、その後サブラン迂回攻撃に転じて、四月一六日にはまたイリサンの旧陣地に復帰している。竹内浩三の戦死日の四月九日にはイリサンにいるのだが、かなり以前からの駐留であり、やはり「三月二十日以降」の「集結」が合致しない。

四、残されたもう一つの可能性は「雑軍」としての「林支隊」所属である。三月一三日(45)もしくは一八日(53)まで北サンフェルナンド近辺で戦い(125、126ページ参照)、その後イリサンまで撤収して以降は、林大佐が就任したはずの「バギオ防衛隊」に所属するはずであったろう。ところが林大佐は「歩兵第七一連隊長」になってキャンプ4に行ってしまったから、旧「林支隊」は結局解散、残された兵士たちは分散してバギオ付近にいたいくつかの部隊に配属された。

「三月二十日以降バギオ北方一〇五二高地に集結」とはこれらの部隊のその後の転進のことを指すのではないか。そして浩三は新たに所属したいずれかの部隊が、転進後に戦闘をおこなった際に命を落とした。

この推測を裏付ける資料はもちろんないのだが、先にあげた四つの可能性のうちで、部隊の転進記録と死亡認定日が抵触しないのは、この状況のみなのである。他の三つのケースには、どうしても日程的な矛盾が生じてくる。

ただしこの「林支隊所属説」には、以下の事柄が前提として必要である。すでに述べてきたものといくつかは重複するが、

① 「滑空歩兵第一聯隊略歴」にある「館大尉指揮の一ヶ中隊」の北サンフェルナンド上陸後の動向は、同じ「第一連隊」所属であった「作業中隊」のものに他ならない。

② 竹内浩三の「死亡認定理由書」の前半部分には①の「略歴」からの引用があるとともに、後半には「林支隊」解散後の動向が混入している。すなわち三月一〇日に関する記載は「日比支隊」との共闘のことであり、三月二〇日以降については、旧林支隊所属兵士のその後の経緯を用いている。

③ 「館大尉指揮の一ヶ中隊」は北サンフェルナンド上陸時点でほとんど分散しており、「館隊」として「戦史叢書」(53)に記載されているものは、館四郎大尉と行動をともにした一部のことを指しているにすぎない。

④ 北サンフェルナンド防衛にあたった林安男大佐が、イリサン方面に撤収しバギオ司令部で「歩兵第七一連

隊長」を命じられた日付は、「ルソン戦記ベンゲット道」(45)で述べられている「三月十四日から十六日の間」という記載が正しい(127ページ参照)。(この下命が「戦史叢書」(53)にある三月二五日以降であれば、「三月二十日以降バギオ北方一〇五二高地に集結」という記載と合致しない)

混乱の中でまとめられたこの頃の記録には、かなり不明、不正確な点が多いのは確かであろう。浩三の「死亡認定理由書」も部隊のおおむねな動きが印刷された用紙に、日付や場所だけが手書きで埋められており、どこまで個人の足跡を正確に伝えているか疑問である。

「滑空歩兵第一聯隊略歴」(18)が厚生労働省から私のもとに送付されてきた際にも、「※部隊略歴は部隊主力等の記録であり、部隊主力と離れて部隊の一部が分遣《ぶんけん》された場合など、個人の行動と必ず一致するものではないことを、申し添えます」と但し書きがあった。

滑空歩兵第一連隊第一中隊長、館四郎大尉は無事復員していた。

小林察はこのことについて、以下のようにふれている(「恋人の眼やひょんと消ゆるや」(21))。

「最後の中隊長館四郎氏もまた帰還されて郷里の三重県菰野(こもの)町で健在であると聞く。ぼくはこれまで何度か氏を訪れたいという衝動をおぼえた」

しかし、

「そのたびに何かがぼくの足を留めるのだ。もちろん松島こうさんや三嶋与四治氏から「館さんはご病気だし、浩三のことは全く記憶しておられない」とうかがっていた」

だが、

「どうしてもインタヴューしなければならない人だ。そう思うのだが、やはり何者かがぼくの足を引きとめる」

そしてそれは、

「浩三のやさしさが、ぼくにどうしてもそれを許してくれないのだ」

結局1985年のこのとき以降も、館氏と面会することはなかった。浩三の戦死公報の情報源が、館四郎大尉とその部下であったろうと確信した上での、小林のやさしい最終決断であった。


「バギオ北方1052高地」とは、現地を2003年に踏査した稲泉連にも、どこにあるか分からなかったという。おそらくは1600mレベルの山地にあるバギオを囲む、1000m程度の小高地であったのだろう。標高で高地の名前をつけるのは日露戦争での「203高地」や、ルソンで「第二三師団」本部のあった「833高地」という呼び名に共通する、旧陸軍の慣例である。

バギオ近くの1000mの等高線を辿ると、図30（「戦史叢書　捷号陸軍作戦（2）ルソン決戦」[53]から転載：著者が加筆してある）のようになる。このラインに沿ったどこかのバギオ北方山中で、浩三さんはついに帰らぬ人となったのだろう。

「バギオ北方」を額面通りにとらえればトリニダッド近辺がそれにあたるのだが、ナギリアン道沿いの北西方向に位置するイリサンも、かなり北部にあるアトックもこの1000m等高線沿いにある。そしてとりわけ、重要なキーワードである「集結」という表現には、結局各部隊が力を合わせて最後のバギオ防衛戦を戦うことになったイリサンが、最もふさわしいと思われるのである。戦車等を交えたアメリカ軍との戦闘は四月上旬時点において、バギオ地域ではイリサン近辺でしかおこなわれていない。

加えて、バギオからかなり離れた南東方面のウグ山を、「バギオ東方」と「死亡認定理由書」では表現しているぐらいだから、「バギオ北方」に北西方面のイリサンを含んでしまっても、齟齬《そご》をきたさないことになる。

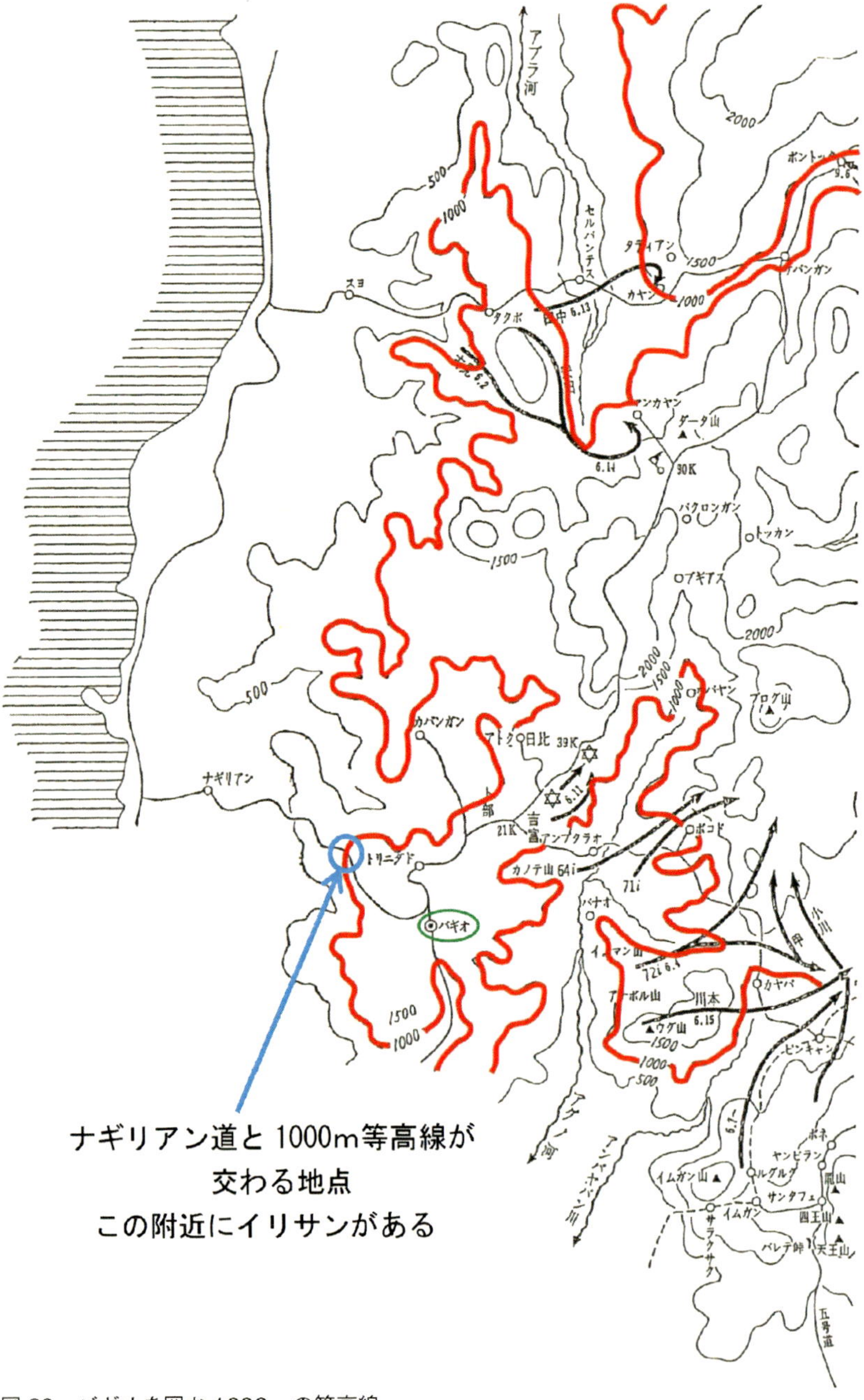


図 30　バギオを囲む 1000m の等高線
「戦史叢書　捷号陸軍作戦（2）ルソン決戦」(53) から転載：著者が加筆してある

さらには、浩三の戦死公報の情報源とみなされる館四郎大尉とその周辺の人々は、「日比支隊」とともに四月一六日まではテボに、それ以降はイリサン近辺にいたという点である。「バギオ北方高地」で彼らが直接知り得る兵士の情報は、イリサン近辺での出来事しかありえない。

最初に竹内浩三の戦死日とされる四月九日という日付を目にしたとき、

—ずいぶん早く亡くなったのだなぁ

と感じたものだが、じつはまったくそうではなかったのだと思い知った。むしろそこまでの過酷な戦闘中に、大多数ともいえる兵士たちが命を落としていたのである。クラーク地区では四月上旬時点で、すでに主な戦闘が終了し自活体勢に入っていたし、バギオ地区でもこの頃には、山下大将を守る最後の戦いに突入していたのであった。軍事演習がとびっきり駄目で、誰よりも軍隊を嫌っていたとされる浩三さんが、数々の激戦を乗り越え、よくここまで生きていたと思う。

徴兵、出征を覚悟しなければならなくなってから、その作品内で「死ぬまで、ひたぶる、たたかって、きます(「伊勢文学」第四号)と書き、「どうか人なみにいくさができますよう(「ほくもいくさに征くのだけれど」)」と願をかけた浩三さんは、よくぞここまで戦った。

傷病兵となっていた正雄はきっと、三月中旬に「林支隊」がイリサンに撤退するときに、手榴弾二発を与えられて置き去りにされたのであろう。それまでは、

「林支隊の本部は、北サンから四回も撤退し」

とあるが、その後も６００ｍの山地にいたというから(「ルソン戦記　ベンゲット道」(45))、大規模な移動とは思われず、もしそれまでに傷病兵となっていたとしても、何とかついて行けたのではないだろうか。そしてこの部隊本部が大きくイリサンへ撤退した時点から(１３３ページ参照)、自活しながらの逃避生活が始まった。

美代子が時折話していた、

「隠れてたかもしれん」

は、この時期のことと混同していたのかもしれない。そして農業の経験と土木の知識と技術、井出のキノコの知識や射撃の腕前、何より二人の段取りのよさ、それらをすべて生かし切り、出口上等兵と井出一等兵は飢えや病気、そして米比兵や遊兵狩りの手も遁れ、八月までしたたかに生き抜いた。

ずっと一緒だった井出さんは、筑波時代から仲良しだったというから、例の富士山裾野の部隊写真にもきっと写っているに違いない。是非どんな方だったか知りたいと思って、いきごんで全員の拡大写真を作って正雄に見せたのだが、

「どんな顔やったかなぁー」

いかにも父らしい、無頓着な肩すかしであった。

たくさんの人が死んだ。日本兵も、アメリカ兵も、フィリピンの人たちも。

浩三や正雄と一緒に「館中隊」として北サンフェルナンドに上陸した兵士たちの残存人数は、「陸軍滑空部隊外史」(41)にも
「僅かな残存者」

と書かれているのみである。


昭和二二年(1947)六月。

遺骨の入っていない白木の箱が、三重県の竹内浩三の郷里に届いた。

「昭和二十年四月九日時刻不明　比島バギオ北方一〇五二高地方面の戦斗に於いて戦死せられましたから御知らせ致します」

と、広報には書かれていた(21)(37)。

同じ中隊で西筑波時代を過ごした浩三と正雄は、出征直前の挺進集団改編後も、同じ連隊の同じ中隊に配属されていたのであった。そして偶然にも積み残されて「雲龍」撃沈から逃れ、北サンフェルナンドでの「青葉山丸」撃沈をくぐり抜け、さらにはクラーク行き列車にも一緒に積み残された。

そしてきっと浩三は、北サンフェルナンドからバギオ近郊にかけての山中まで正雄と同じ歩みを続けて、生きのびていたのであろう。

思えば不思議な、深い深いご縁であった。

しかし浩三はついにかの地において、過酷な運命に捕まってしまった。正雄は「タコの骨なし」になって、敵だらけの中で置き去りになりながらも命を拾い、その後もイリサンまで従軍を続けた浩三は、骨も残らなかった。誠に残念であるが、もとより二人ともこの経緯の中では、いつどこで死んでもおかしくなかったのである。ほんの小さな運命の気まぐれだけで、二人の生死など「紙切れ一枚」を裏返すように入れ替わっていたであろうし、戦後復興の中お風呂の中で息子たちに悲惨な戦争を語り聞かせていたのは、藤田家ではなく竹内家であったやもしれぬ。

浩三が日大時代に使用したドイツ語の教科書に書き留めた「日本が見えない」(37)が、2002年になって小林察の手によって発見された。前掲の「骨のうたう(原型)」とほぼ同時期に作られているのだが、祖国に帰ったものの、やはり当惑しさまようしかない己の魂を、別の表現で予言していた。

# 日本が見えない

この空気
この音
オレは日本に帰ってきた
帰ってきた
オレの日本に帰ってきた
でも
帰っては　きましたけれど
オレには日本が見えない

空気がサクレツしていた
軍靴がテントウしていた
その時
オレの目の前で大地がわれた

まっ黒なオレの眼漿《がんしょう》が空間に
とびちった
オレは光素（エーテル）を失って
テントウした

日本よ
オレの国よ
オレにはおまえが見えない
一体オレは本当に日本に帰ってきているのか
なんにもみえない
オレの日本はなくなった
オレの日本がみえない

「ぼくが見て、ぼくの手で」

戦争をかきたいという「筑波日記」にとどめられた浩三の願いは、バギオ北方高地で途絶えその記録も霧散してしまったかもしれないけれど、同じ場所で戦い、散っていった多くの戦友の分まで戦後も長生きさせて頂いた正雄の記憶に依り、

「父が見た戦争を、その息子の手で」

代筆いたしました。


お父さん、全滅ともいわれていた部隊の想像を絶するような戦いから、よくぞ生きのびて下さいました。本当に感謝しています。浩三さん、あなたと一緒に筑波で訓練を受け一緒にルソンで戦った父は、天性ともいえる段取りの勘と天運に守られてか、かろうじて命を祖国に持ち帰り、そしてわれわれは生を授かりました。今もうたうあなたの骨に見てもらえるような、日本の今にしたい。

図 31　宮崎県児湯郡にある「空挺歌碑」（資料（16）より転載）

図 32　「グライダー部隊発祥の地記念碑」より筑波山を望む
（藤田幸雄撮影。茨城県つくば市作岡保育所にて）

# エピローグ

本書の冒頭でも触れているように、この記録は２０１１年の暮れから２０１２年元旦にかけて、父正雄と交わした米軍の水筒に関する会話に端を発している。そして首尾よく父の九一回目の誕生日、その年の三月一三日に向けて一通り形としてまとめる、という所期の目標は達したのであるが、いろいろな資料をあたっているうちに、この時点ではまだ書ききれていなかったと思われる事柄に、たくさん出会うこととなった。

とりわけ、正雄がわれわれ兄弟の小さい頃から幾度となく見せてきた、富士山を背景とする兵隊時代の写真に、竹内浩三も写っているかもしれないという、改訂を進めているうちにひょんと生まれた期待は、下手な推理小説など及びもつかぬほど私の心をときめかした。水筒から部隊写真に飛び火し、時空を超えて正雄と浩三の生涯のストーリーが、つながるかもしれないのである。

つい最近になって正雄から聞いた、戦争時代の写真にまつわる話を少しここで記させて頂く。徴兵から空挺部隊配属になるまでの間に撮った写真は、彼が筑波に行く前に一度郷里の野村の生家に戻った際、一冊のアルバムに収めて自分の机の引き出しに入れておいたそうだ。

ところが空挺隊員となりフィリピンに出征するまでは、一度も郷里に帰ることを許されなかったという。したがって竹内浩三が「筑波日記」を姉に送っていたように、正雄も何度か書いたであろう母親に宛てた手紙に添えて、この写真も実家に送ったに違いない。これを母シヨが他の写真と一緒にと正雄が作ったアルバムに、きちんと挟んでおいたのではないだろうか。

そしてその実家の家屋は正雄がフィリピンに行っている間に、空襲で焼け落ちてしまったのである。ほとんどの家財が焼失したのであるが、そのときさっと母がアルバムを持ち出してくれたに違いないと、正雄は推測している。

「ちゃぶちゃぶばあちゃん」といつしか兄と私が呼んでいた父方のこの祖母は、父が小さい頃からすでに耳が遠かったため滑舌が悪かったのだが、四人の子どもを産んだ後さらにリュウマチに悩まされ、ずっと足を引きずって歩いていた。そんな状態であった祖母が、自宅が燃え落ちようという最中に必死で、出征先も生死もわからぬ末っ子正雄の大事な品を抱えて、焼夷弾の中を逃げてきたのであろうか。

戦後も父が非常に大事にしていたこのアルバムは、われわれ兄弟がけっこう大きくなるまで確かに目にしていた。しかしなぜか例の富士山を背景にした部隊の写真だけは、ここには収録されておらず単体で取り扱っていたのだが、それが何ゆえなのかその頃はまったく疑問にも感じていなかった。

ただ、ずっと裸のままで取り扱っていては痛んでしまうといつか思ったのか、私はこの由来不明だった写真を自分のアルバムの一角に納めておき、年に一度は懐かしんでながめていた。これが父の大事な戦争時代のアルバムは現在行方不明なのに、この写真だけはいつも身近に目にし続けてきたことの次第である。

この数奇な運命をたどった一枚の写真が、竹内浩三が検閲を逃れてようやく姉に届けた「筑波日記」の冒頭にある、日記開始以前の出来事をあいまいな記憶に基づいてわずかに書き残した、「富士ノ滝ヶ原」における廠営の記録とつながったのである。さらにあろうことか、浩三の直接の上官であった三嶋与四治さんの遺稿集に、まったく同じ写真が掲載されているのを目にしたのだ。

七〇年近くもの歳月を経てなおこの奇跡のような出来事が重なって起こったことに、いかに私が昂奮したかはご理解頂けるかと思う。

この記録作業に取り組んで以来、短い期間であったにもかかわらず多くの新たな発見や出会いに恵まれた。作岡保育所に過日訪れたときには、職員の市川さんにグライダー事故追悼碑までご案内頂いた。つくば市役所にある教育委員会文化財室の石橋さんには、西筑波飛行場に関する資料を送って頂いた。この飛行場の写真が残されており今も閲覧可能であることを、教えて下さったのもこの方である。

また「十一屋書店」の原さんとも電話ではあったが、その後の「十一屋」のお話を聞かせて頂いた。「我らクラークに死せず（遺稿）」を発行された「オフィス未来」の真泉雅子さん、そして真泉さんのご友人で、三嶋与四治さんと実の家族のように親交の深かった放送大学教授の廣瀬洋子さんには、恵美子夫人が保管する氏が残された貴重な資料とともに、ご親族に関する情報を多々頂いた。

朝日新聞つくば支局の斉藤佑介さんは、２０１２年の終戦記念日特集で竹内浩三の筑波時代のことを取材中、私に連絡を取って頂き父の写真を新聞紙上で公開して下さった。浩三の姪御さんにあたる庄司乃ぶ代さんには、九五歳になられる松島こうさんの近況を教えて頂いている。

とりわけもっとも大きな出来事は、長年竹内浩三作品を掘り起こしては発表されてきた、小林察さんと交流を持たせて頂いたことである。この方が浩三の作品を世に出していなければ、何の手がかりもないまま、かの写真もただそれぞれの身内でながめて懐かしがるにとどまり、せっかくの数奇な運命の甲斐もなく立ち消えてゆくのみであったろう。

父や浩三さんたちの青春が今、時の流れなど無関係であるかのように、現在進行形で私の中に鮮やかに蘇っている。二人が同じ写真に写っていることを小林察さんに確認して頂いたことで、そして三嶋与四治さんの御遺稿に巡り会えたことで、この記録も一気に何度か改訂してきたのだが、今後も新事実が明らかになるたび、少しずつでも書き直してゆけたら幸せだなと思う。

# 附録資料

## 「筑波日記」登場人物の写真

竹内浩三が「筑波日記」で描写している、挺進第五連隊歩兵大隊第二中隊にいた将校たちの顔写真をまとめた。三嶋与四治氏が所蔵していた「富士滝ヶ原」において将校たちだけで撮影したと思われる写真と、正雄が所蔵していた部隊全体写真とを照合し、それぞれの将校の名前を正雄の記憶に基づいて特定した（図33）。なお「筑波日記」で用いられているカタカナはひらがなに直してある。

図 33　将校たちの照合（上：三嶋与四治氏所有、下：藤田正雄氏所有）

## 田中准尉

三嶋将校写真では
後列右から１番目

正雄全体写真では
将校右から２番目

図 34　田中准尉

「田中准尉に呼ばれた。砂盤戦術の、駒をつくる用をおおせつかった。」（一月二〇日）

「朝から田中准尉にたのまれた地図を書いた。九州の検閲をうける演習場の五万分の一をガリ版で書くのであった。こみ入った仕事で、なかなかはかどらなかった。近頃こんな細かい仕事をすると、じきに頭がこんとんとしてくる。」（三月一五日）

「中隊当番下番。田中准尉の使役で、からす口で線なんかひいていた。」（五月九日）

「田中准尉の使役をしていた。姉から手紙が来た。」（五月一〇日）

「朝のうちは、田中准尉の使役であった。ひるからは、石炭はこびをした。（五月一一日）」

「田中准尉にたのまれて、こんど、又変わったアメリカの飛行機の標識をかいた。きょう乾省三が面会にくる

ので、臨外をくれとたのんだ。まえからたのんであったのでくれた。」（五月二七日）

志村少尉

三嶋将校写真では
後列右から２番目

正雄全体写真では
将校右から６番目

図35　志村少尉

中村中尉

三嶋将校写真では
後列右から３番目

正雄全体写真では
将校右から５番目

図36　中村中尉

## 妹尾大尉（第二中隊長）

三嶋将校写真では
後列右から４番目

正雄全体写真では
将校右から４番目

図 37　妹尾大尉

「ひるから、演習の整列をしようと思っているところへ、空襲けいほうがかかった。その動作がおそかったと云うので、中隊長が火のように怒った。怒っているうちに、ますます腹が立ってくるらしい。はじめと別のことで怒り出してくる。」（二月二九日）

「赤塚の駅前で、子供が部隊をよこぎったと云って、中隊長は刀を抜いて、子供を追っかけた。本気でやっているのである。その子供の一生のうちで、これが一番おそろしかったことになるであろうと思った。」（五月二三日）

「特別幹候を受けるものは、中隊に十四、五人いたが、中隊長がけった。かるくけった。どうせ、どこかで故障が入るとは思って、アテにもしていなかったが、このけり方は、一寸ひどい。つまるところ、又、芽を出すキカイをくじかれたわけだ。ナベの中に入れられて、下から火を入れて、上から重いフタをされているかたちだ。」（六月一四日）

「水戸行きで、中隊の大部分が出て行った。出てゆくのと前後して、ぼくは、中隊長の家へ公用に出た。家は安食にあった。飛行場を半分まわったところで、つまり、ここから向かい側になる。奥さんは、高峰三枝子そっくりとかで、見てやろうといきごんでいた。ごくろうさんと云うイミで、アメダマを九つくれた。十人なみであった。」（七月二六日）

**三嶋少尉**

三嶋将校写真では
後列右から５番目

正雄全体写真では
将校右から３番目

図 38　三嶋少尉

「三島少尉に呼ばれて、ゆくと、こないだの演芸会で発表した「空の神兵」のかえうたは、神兵をぶじょくしたものであるから、今後うたうべからず、作るべからずと。」（一月二一日）

「三島少尉に呼ばれた。航空兵きの原案を文章にしてくれとの注文であった。」（二月三日）

「三島少尉にたのまれた発明の浄書をやっていなかったので、気にしていていたら、はたして呼ばれた。行くと、そのことは何も云わず、うれしそうに又ちがった発明案を話し、文にしてくれとたのんだ。」（二月五日）

「そこへ、三島少尉に呼ばれた。行くと、飛行機の画を書いてくれ。カーチスホーク。書いた。三十分ほどで書けた。銃剣術がいやで、事務室でさぼっていた。」（二月二四日）

「それを三島少尉に持っていったら、早速作ろうと云うことになった。」（二月二五日）

「夕方、三島少尉に呼ばれた。行くと、「機械化」と云う雑誌の口絵を示して、このようなやつを書いてくれと云った。それは、ドイツのグライダァ部隊の活動をえがいたものであった。」（三月三〇日）

「朝から、事務室で、三島少尉のたのまれものの絵をかいた。」（三月三一日）

「夜は火にあたりながら、三島少尉とわい談をした。」（四月一日）

「唱歌室で、オルガンをならしていたら、三島少尉に見つかった。」（四月九日）

「風呂にも行かず、火に当たりながら三島少尉とはなしをしていた。三島少尉の口は大きくて紅く、よだれが絶えずそれをうるおしている。兵隊にはなく将校にある特権を、ぼくの前でふりまわしたがる。」（四月一五日）

## 岩本准尉

三嶋将校写真では
後列右から６番目

正雄全体写真では
将校右から１番目

図 39　岩本准尉

「寝ようと想っていたら、岩本准尉に呼ばれた。地図を書いてくれと云う。ねむいところであったので、実に無責任に三十分で仕上げた。」（二月二八日）

「ひるめしのライスカレーを喰べていると、岩本准尉に呼ばれた。単独の軍装で、十三時に本部前に集合し、辻准尉の指示を受けよ、と云うことであった。今度、この部隊へ初年兵が○名入ってくる。けれども、まだ四年兵がいるので、それらの初年兵を入れる余地がない。それでしばらくの間、吉沼小学校へ寝泊まりすることになっている。」（三月三一日）

「雨がふっていた。岩本准尉に呼ばれて、木村がにげた経路の地図をかかされた。」（六月一四日）

**吉村少尉**

三嶋将校写真では
後列右から７番目

正雄全体写真では
将校右から７番目

図 40　吉村少尉

**中村准尉**（注：やや記憶があいまいである）

三嶋将校写真では
前列右から１番目

正雄全体写真では
右から８番目

図 41　中村准尉

「午前中、中村班長の学科。」（一月九日）

「中村班長の床がまだとってなかったのであった。大谷も起こされて、二人でとりにいった。それがすむと、二年兵を全員起こせとなり、全部起きて説教となり、これから、内務をもっとしめると云うことになり、その具体的な方針を述べた。」（一月一四日）

「一七日の会報で、航空兵器の発明を募集していた。その案がないでもないように中村班長に云っておいたのを、今日、松岡中尉に云いにゆき、正式に発表することになった。いざそう云うことになると、急に自信がなくなった。」（一月二五日）

「中村班長が外出の出がけに頭を刈ってくれと云い、刈ったことがあるかと云う。刈ったことはないけれども、あると云って刈ってやった。云わなかったけれども、顔をしかめていたから、だいぶ痛かったのであろう。餅を一つくれた。」（一月二六日）

「中村班長に呼ばれて、妹さんへの手紙を書いてくれとたのまれた。書いた。うまく書けたので気持ちがよかった。」（二月三日）

「そこのところが、じくじく痛んできたので、中村班長に銃剣術を休ませてくれと云いにゆくと、照準環の図を書くように云われ、それを下士官室でした。」（二月六日）

「夕方、中村班長と将棋をして、まけた。」（二月九日）

「夜、中村班長が餅をくれた。」（二月一〇日）

「中村班長に呼ばれた。照準環の図を書いてくれと云う。かんたんなものであったが、なるべく時間をかけて書いた。そのうち、みな、壕掘りに出かけて行った。ものすごい風であった。」（二月二五日）

「中村班長のところへ、両親が面会にきて、下士官室で会っていた。お茶を持っていったら、「光」を一つくれた。二人ともばかに体の小さい人であった。水いらずで、夕食を喰っていた。」（三月八日）

「ひるから、中村班長と、昨夜おとした薬きょうをさがしに行った。すぐ見つかったので、昼寝をした。」（四月二六日）

**宇野曹長**

三嶋将校写真では
前列右から２番目

正雄全体写真では
全体最後列から２番目

図 42 宇野曹長

「宇野曹長が、ぼくの服をきたないのをとがめて、いつから洗濯をしないのかと云った。ほんとは、ここへ来てから、一度もやっていないのだけれど、正月やったきりですとうそを云うと、それでもあきれていた。さっそくせいと云うので、雨がじゃんじゃん降っていたけれども、白い作業衣に着かえて、洗濯をした。」（三月一八日）

「今日一ぱいで宮崎曹長の当番を下番することになって、やれやれと想っていたら、ひきつづき宇野曹長の当番であった。宮崎曹長はずっとまえから出てこないので、当番をしていないのと同じようなものであった。」（五月二六日）

「宇野曹長の家にとんだ。ヒルからバケツ班であった。夜になっていつも行く飛行場のはしの陣地へ行き、うどんをつくっていたら、テッシュウしてかえれと云ってきた。」（七月四日）

# 竹内浩三最後の写真

２０１４年正月。例年通り年末年始の休暇を大阪の実家で過ごしていた私は、久々に見るアルバムと向き合っていた。

そう、あの行方不明だったアルバムをとうとう兄静雄が発見したのだ。昔使っていた部屋の押し入れに眠っていたという。彼が結婚して新居を構えてからは、この部屋自体がほぼ押し入れ状態となっており、なかなか奥まで目が届かなかったのだろう。

父の喜びようたるやたいへんなもので、枕元に置いて事あるごとに、ほとんど剥がれかけた写真に見入っている。「ちゃぶちゃぶばあちゃん」ことシヨや、ソロモンで若くして戦死した次兄の宇兵《うへい》太郎《たろう》が、出征直前に撮った最後の写真もあった。正雄が自身で写したものだそうだ。私事で恐縮であるが、２０１２年九月に母美代子が他界し、九〇歳を超えて初めて一人暮らしとなった父の寂しい日常へ、おもわぬ過去からの贈り物が届いたのである。

一冊だけだと思っていた思い出のアルバムは、実は二冊あった。ぼろぼろになった戦艦日向の記念アルバムが元々のものであるが、比較的新しいもう一冊のアルバムにも、たくさんの写真が収録されていた。きっと子どもの頃に父に命じられて、入りきっていなかった写真をまとめたのであろう、とは静雄の弁である。

その新しい方のアルバムに、別の部隊写真があった（図43）。ずいぶんとまたたくさんの人が並ぶ。だがこれにはほとんど見覚えがなかった。アルバムには本人と関係ない写真も時折貼り付けてあったから、あまり注目をし

図 43　新しく発見された挺進第 5 連隊第 2 中隊部隊写真（藤田正雄氏所有）
竹内浩三は最前列中央で妹尾中隊長の直前に座っている

ていなかったのだろうし、今回も、なんだろうなこれ、くらいにしか思わなかった。

「お父さん、この写真何やのん」

一応聞いてみた。

「あぁーそれな、わしどこにおるかわかるか」

おお、懐かしの「お父さんはどれだ?」クイズである。

「いやーこんだけおるとなぁ。だいたい、お父さんこの中におるんかいな」

「おるおる。おるくらいな。ほらこの真ん中に妹尾大尉がおるやろ。隣が三嶋少尉や」

「えぇーーー」

何ですと。またも例の中隊の写真ですとぉ。

あわててルーペを持ち出した。なにやら皆さん一段と気合いの入った怖い顔つきで、おまけに胸に勲章をたくさんぶら下げているので、ちっとも気づかなかった。しかしそういわれれば確かに例の人たちである。

ということは……

急いで静雄に連絡を取って、またもスキャナーを持ってきてもらった。正雄の顔はすぐに確認できた。さて、竹内浩三は……

似た人はいた。最初に発見した「冨士滝ヶ原の廠営」写真とは同じ人のようなのだが、ただどうにも顔つきが違って見える。これはもう一度小林察さんと庄司乃ぶ代さんに伺って、確かめるしかない。

—しかし
と、ちょっと躊躇したのである。もし違っていたらかえってご迷惑の上、「冨士滝ヶ原の廠営」写真の人も実は竹内浩三ではなかった、と逆に悲しませてしまうかもしれない。というのは、その浩三さんとはちょっと顔つきが違うなと見えた人以外、他にはそれらしい顔が見当たらなかったのである。この顔を見てしまうことで、そ

竹内浩三最後の写真

図 44　二重橋前での中隊写真（藤田正雄氏所有）

もそも最初に浩三さんと思った人が、他人のそら似であったと判明してしまう可能性もあり得るのだ。

さらには、

「こっちにも三嶋少尉おるやろ」

と正雄が指さした写真があった。ええ、まだあるんかい。

同じアルバムにもう一枚の部隊写真があった。ところがずいぶんとまた少ない人数で、四〇数名なのだがやはりよく見ると、妹尾大尉と三嶋少尉の顔が確認できる。なんと皇居の二重橋の前で写っている。正雄もいるのだが、こちらにはまた、もっと浩三さんらしくない顔が見つかった。これまでの憂鬱そうな雰囲気がなく、いっそ清々しくさえ見えるのである。しかしながらさきほどの写真とは、きっと同一人物であろうと思えた（図44）。

——さて、いったいどうしたものか

「筑波日記」をもう一度読み返してみたのだが、昭和一八年（１９４３）九月から昭和一九年（１９４４）七月末にかけて続けられている記載の中には、皇居に行った話は一切出てこない。もしかしたら最初の段階で、何か大きな勘違いをしていたのではないか。これはしっかり思案しなければなるまい……

たとえどんな結論が待っていようとも、このままでは済まされないだろう、と意を決したのはそれから二ヶ月ほど考え込んだ後のことであった。最初の富士山の背景の写真と同じく、小林察さんと庄司乃ぶ代さんに、浩三さんかもそうでないかもしれない方の拡大写真も添えて、二種類の写真についての確認をお願いした。

程なくして先に庄司さんから、いつもの達筆のお返事を受け取った。以下、庄司さんのご許可を頂いて、お手紙をそのまま掲載する。

前略
大変な大雪の残雪も無くなり、急に春らしい日々が続いております。もう一度寒さがぶり返えすようですが、着実に季節は移ろいでいる様でございます。

お返事が大変遅れてしまい申し訳ございません。

本当に々々に貴重な写真が出現し、驚きとともに、感激致しております。

あの2枚の写真は確かに浩三でございます。筑波の時の写真が殆んどなく、浩三お兄さんに再会した思いでございます。母にも確かめさせていただき、懐かしそうにじっと見入っておりました。

血縁とは、不思議なもので、実はこれまで周辺に浩三に似たものは居なかったのですが、私の孫（娘の長男）が浩三そっくりの風貌（顔・体型）で感性も受け継いでいるようです。伊勢市に住み、浩三と同じ明倫小学校に行っておりました。明倫小には浩三の詩や写真が飾ってありますので、皆が「お前そっくりやなあー」といわれたそうです。今伊勢高の2年生ですが、その孫と写真の顔がそっくりで笑ってしまいました。年のため、老眼鏡をかけても、拡大鏡でもあの大勢の中からはとても探し出せませんが、拡大していただいて助かりました。本当にありがとうございました。

今後とも、よろしくお願い申し上げます。

かしこ

一方、小林察さんとは電話でお話をした。正直、ちょっと責任を持った判断がつきかねるといったご説明の後、「藤田さんね。私はあの写真の彼がかわいそうに思えるのです。特に二重橋の前の写真は、もし浩三だとしたら、あまりにもちゃんとした軍人を演じようとしているようにみえる。その内面の心情を思うとかわいそうで」

その写真の、何故かそれまでとは異なる浩三さんの顔つきは、だからこそ私にも違った人に見えたのであろう。

一方、肉親の目とはかくも本質的に本人の特徴を、とらえているものなのか。

大人数で写っている写真は、将校の人たちが勲章を下げていて、しかも富士の滝ヶ原での写真の一一六人よりかなり多い、一四六人が写っている。昭和一九年（１９４４）春に新たに兵を加えて(67)(75)、筑波で部隊結成が完了した際に、記念写真を撮ったものかもしれない。妹尾中隊長の目の前で最前列に座らされた浩三の、仏頂面が印象的である。

この写真に関して庄司乃ぶ代さんは、「うんざりしているようにも疲れているようにも見え、軍隊とは無関係のことを考えていたのかもしれない」とコメントされた（２０１４年八月一八日付け朝日新聞名古屋本社版夕刊）。

皇居二重橋前での写真では四三人が写っているが、将校は妹尾中隊長と三嶋少尉だけである。空挺部隊所属以来続けてきた「筑波日記」に記載されていないということは、この日記が１９４４年七月二七日に中断した、その後の出来事に相違ないだろう。光と影の加減からは、晴れた夏の日の昼下がりに撮影されたようにも思われる。フィリピン出征前に東京に部隊員の一部で出かけた際のものであろうが、残念ながら父にはその経緯に関する記憶はない。

現存する竹内浩三最後の写真である。

浩三の最愛の姉、松島こうさんは２０１４年五月、浩三が愛したみどりの季節に九六歳で黄泉の国へ旅立たれた。ずっと長い間弟の死をどうしても信じることができず、向こうで結婚でもして、帰ってくるのに照れているのではないか、とバギオに自ら足を運び確かめようともされた。

伊勢市にある浩三の墓には帰ってこなかった骨の代わりに、彼が友人の大林日出雄氏からもらいうけて、入営直前までかぶっていた角帽を埋葬し、

一片のみ骨さえなければおくつきに手ずれし学帽ふかくうづめぬ

と詠んだ。娘の庄司乃ぶ代さんには、

「人生の後半は竹内浩三を世に出すためでありました。それは強い意地であった」

と語ったという。

今頃は浩三さんと、積もる尽きせぬ話に、花を咲かせていらっしゃるのであろうか。

図 45　竹内浩三の入隊前日の写真。左より庄司乃ぶ代さん、浩三、乃ぶ代さんの妹の美知代さん、松島こうさん（『定本竹内浩三全集　戦死やあはれ』(63) より転載）

※Ｐ81掲載の〈図18　クラーク地区建武集団の配備〉および、Ｐ56掲載の〈図12　沈没された空母「雲龍」／正雄たちが乗船した「青葉山丸」〉について、著作権者の所在が不明のため使用許可を得ていません。ご存知の方はご一報いただければ幸いです。

## 引用・参考資料


1 「あゝ純白の花負いて」 田中賢一著 学陽書房、東京、１９７２

2 「青葉山丸」 海員デジタルミュージアム http://homepage2.nifty.com/i-museum/19441230aobasan/aobasan.htm

3 「戦死やあわれ ある無名ジャーナリストの墓標」 西川勉遺稿・追悼文編集員会著 新評論、東京、１９８３

4 「ベンゲット州の紹介」 http://www.jaec.org/kusanone/tour/intro2.pdf#search=‘ベンゲット州の紹介’

5 「ぼくもいくさに征くのだけれど」 稲泉連著 中央公論新社、東京、２００４

6 「ぼくもいくさに征くのだけれど ～竹内浩三戦時下の詩」 ドキュメンタリー ＮＨＫハイビジョン特集 シリーズ青春が終わった日 ＮＨＫ、２００７年7月22日放送

7 「第1挺進集団」 Wikipedia http://ja.wikipedia.org/wiki/%E7%AC%AC1%E6%8C%BA%E9%80%B2%E9%9B%86%E5%9B%A3

8 「大日本者神國也」 http://shinkokunippon.blog122.fc2.com/blog-entry-839.html

9 「激闘 ルソン戦記」 井口光雄著 光人社、東京、２００８

10 「軍旗はためく下に」 日本ペンクラブ：電子文藝館 http://www.japanpen.or.jp/e-bungeikan/guest/pdf/yuhkisyoji.pdf#search=‘軍旗はためく下に’

11 「悲運の戦時日本商船（12）」 海事博物館ボランティアあれこれ http://kondoh-k.at.webry.info/200805/article_3.html

12 「悲運の戦時日本商船（51）」 海事博物館ボランティアあれこれ http://kondoh-k.at.webry.info/201002/article_2.html

13 「日向丸の船歴」 大日本帝國海軍特設艦艇 http://www.geocities.jp/tokusetsukansen/J/A101/A101_008.htm

14 「純白の花負いて 詩人竹内浩三の〝筑波日記〟」 桑島玄二著 理論社、東京、１９７８

15 「十一屋書店」 つくばちゃんねる http://tsukuba.ch/shop/?id=6358

16 「滑空歩兵部隊」 唐瀬原―陸軍落下傘部隊史 http://tansannendo.blog57.fc2.com/blog-category-24.html

17 「滑空歩兵第一聯隊鸞第一九〇四五部隊留守名簿」 厚生労働省社会・援護局業務課調査資料室提供資料

18 「滑空歩兵第一聯隊略歴」 厚生労働省社会・援護局業務課調査資料室提供資料

19 「香椎（練習巡洋艦）」 Wikipedia http://ja.wikipedia.org/wiki/%E9%A6%99%E6%A4%8E_（%E7%B7%B4%E7%BF%92%E5%B7%A1%E6%B4%8B%E8%89%A6）

20 「吉備津丸の船歴」 大日本帝國海軍特設艦艇 http://www.geocities.jp/tokusetsukansen/J/A101/A101_005.htm

21 「恋人の眼やひょんと消ゆるや」 小林察著　新評論　東京　１９８５

22 「国土変遷アーカイブ空中写真閲覧」 国土地理院　http://www.gsi.go.jp/REPORT/JIHO/vol112-12.html#top

23 「交通科学博物館」 http://www.mtm.or.jp/museumreport/osakasyashin/page05.html

24 「骨のうたう」 竹内浩三著、小林察編　竹内浩三全集1、新評論、東京、１９８４

25 「骨のうたうの原型　いまひとつの読みの試み」 日本福祉大学社会福祉論集
http://research.n-fukushi.ac.jp/ps/research/guest/bulletin/__210_list.cgi?BCODE=63

26 「航空母艦『雲龍型』」 艦艇写真のデジタル着彩　http://blog.livedoor.jp/irootoko_jr/archives/866291.html

27 「ク－8（航空機）」 Wikipedia　http://ja.wikipedia.org/wiki/%E3%82%AF-8_（%E8%88%AA%E7%A9%BA%E6%A9%9F）

28 「空母雲龍」 http://www.geocities.jp/bane2161/kuubounryuu.htm

29 「空母雲竜の最後」 なにわ会ＨＰ　http://www5f.biglobe.ne.jp/~ma480/senki-1-kuubounryuuosaigo-morino1.html

30 「空挺部隊年表」 唐瀬原―陸軍落下傘部隊史　http://tansannendo.blog57.fc2.com/blog-category-14.html

31 「九九式軽機関銃」
http://ja.wikipedia.org/wiki/%E4%B9%9D%E4%B9%9D%E5%BC%8F%E8%BB%BD%E6%A9%9F%E9%96%A2%E9%8A%83

32 「九九式手榴弾」 Wikipedia
http://ja.wikipedia.org/wiki/%E4%B9%9D%E4%B9%9D%E5%BC%8F%E6%89%8B%E6%A6%B4%E5%BC%BE

33 「九七式手榴弾」 Wikipedia
http://ja.wikipedia.org/wiki/%E4%B9%9D%E4%B8%83%E5%BC%8F%E6%89%8B%E6%A6%B4%E5%BC%BE

34 「幻の滑空飛行第一戦隊」 ヒコーキ雲　http://ksa.axisz.jp/G-12HikoDaiichisentai.htm

35 「またも負けたか八連隊」への反証」 中野公策著　増刊「歴史と人物」証言・太平洋戦争、中央公論社、東京、１９８４

36 「明治・大正・昭和　大阪師団戦記」 河野収著　増刊「歴史と人物」証言・太平洋戦争、中央公論社、東京、１９８４

37 「日本が見えない」 竹内浩三著、小林察編　竹内浩三全作品集、藤原書店、東京、２００１

38 「新田原基地・空挺隊員の歌」 唐瀬原ー陸軍落下傘部隊史　http://tansannendo.blog57.fc2.com/blog-entry-9.html

39 「大穂町史」 つくば市大穂町地区教育事務所、茨城、１９８８

40 「大空の華　空挺部隊全史」 田中賢一著　芙蓉書房、東京、１９８４

41 「陸軍滑空部隊外史」 田中賢一著　偕行社機関誌連載をまとめたもの

42 「陸軍空挺部隊略史」 陸軍航空隊―戦闘序列と編成 http://www.fontessa.info/kuuteibutai.html
43 「陸軍挺進滑空飛行第1戦隊」 発祥の地コレクション http://hamadayori.com/hass-col/army/Glider.htm
44 「ルソン海峡」 Wikipedia http://ja.wikipedia.org/wiki/%E3%83%AB%E3%82%BD%E3%83%B3%E6%B5%B7%E5%B3%A1
45 「ルソン戦記 ベンゲット道」 高木俊朗著 文藝春秋 東京 １９８５
46 「ルソン島」 weblio 地図 http://maps.weblio.jp/content/%E3%83%AB%E3%82%BD%E3%83%B3%E5%B3%B6
47 「ルソン島の日本陸軍空挺部隊」 さぁぷらす戦史図書館 http://www2u.biglobe.ne.jp/~surplus/tokushu16.htm
48 「作岡保育所」 http://naviibaraki.com/029-869-0101/
49 「三八式歩兵銃」 Wikipedia http://ja.wikipedia.org/wiki/%E4%B8%89%E5%85%AB%E5%BC%8F%E6%AD%A9%E5%85%B5%E9%8A%83
50 「沢村栄治」 Wikipedia http://ja.wikipedia.org/wiki/%E6%B2%A2%E6%9D%91%E6%A0%84%E6%B2%BB
51 「聖市夜話（第30話）」 桜と錨の気ままなブログ http://navgunschl.sblo.jp/article/28385801.html
52 「船舶砲兵決死の対空対潜戦」 http://www.heiwakinen.jp/shiryokan/heiwa/02onketsu/O_02_262_1.pdf#search='船舶砲兵決死の対空対潜戦'
53 「戦史叢書 捷号陸軍作戦（2）ルソン決戦」 防衛庁防衛研修所戦史室著 朝雲新聞社、東京、１９７２
54 「戦死やあわれ」 竹内浩三著、小林察編 岩波現代文庫、岩波書店、東京、２００３
55 「戦争証言アーカイブス（フィリピンルソン島、リンガエン湾、バギオ、プログ山） 戦争証言アーカイブス http://www.nhk.or.jp/shogenarchives/search/map/#/main/area9
56 「戦前・戦中期大阪の工業各種学校」 大阪大学経済学 http://ir.library.osaka-u.ac.jp/metadb/up/LIBOEP/oep057_1_001.pdf#search='大阪工科学校'
57 「せりあ丸」 Wikipedia http://ja.wikipedia.org/wiki/%E3%81%9B%E3%82%8A%E3%81%82%E4%B8%B8
58 「新旧空挺部隊概史」 全日本空挺同志会 全日本空挺同志会、東京、１９８３
59 「証言記録 兵士たちの戦争 フィリピン・ルソン島 補給なき永久抗戦 ～陸軍第23師団～」 戦争証言アーカイブス（ＮＨＫ、２０１２年3月4日放送） http://cgi2.nhk.or.jp/shogenarchives/bangumi/list.cgi?cat=heishi&start=31
60 「傷痕 ルソンの軍靴」 佐藤喜徳 戦誌刊行会、東京、１９８２
61 「高千穂空挺隊」 唐瀬原―陸軍落下傘部隊史 http://tansannendo.blog57.fc2.com/blog-category-20.html
62 「竹内浩三詩文集」 竹内浩三著、小林察編 風の道文庫、風媒社、愛知、２００８

63 「定本竹内浩三全集　戦死やあはれ」　竹内浩三著、小林察編　竹内浩三全作品集、藤原書店、東京、２０１２

64 「挺進連隊」　Wikipedia　http://ja.wikipedia.org/wiki/%E6%8C%BA%E9%80%B2%E9%80%A3%E9%9A%8A

65 「特攻基地クラーク悲惨なる終焉」　赤松信乗著　「週刊読売」昭和50年4月12日号、読売新聞社、東京、１９７５

66 「特別攻撃隊―高千穂空挺団」　藤田兵器研究所　http://www.horae.dti.ne.jp/~fuwe1a/newpage45.html

67 「筑波日記」　竹内浩三著、小林察編　竹内浩三全集2、新評論、東京、１９８４

68 「筑波日記Ⅰ」　五月のように　http://www.h4.dion.ne.jp/~msetuko/tkozo/tukubanikki.html

69 「筑波日記Ⅱ」　五月のように　http://www.h4.dion.ne.jp/~msetuko/tkozo/2tukubanikki.html

70 「つくば市の歴史」　つくば新聞　http://www.tsukubapress.com/history.html

71 「筑波鉄道筑波線」　Wikipedia
http://ja.wikipedia.org/wiki/%E7%AD%91%E6%B3%A2%E9%89%84%E9%81%93%E7%AD%91%E6%B3%A2%E7%B7%9A

72 「雲龍（空母）」　Wikipedia　http://ja.wikipedia.org/wiki/%E9%9B%B2%E9%BE%8D_（%E7%A9%BA%E6%AF%8D）

73 「VOLLRATH」　Wikipedia　http://en.wikipedia.org/wiki/Vollrath

74 「VOLLRATH HOME」　http://www.vollrathco.com/

75 「我等クラークに死せず（遺稿）――三嶋与四治の思い出によせて」　三嶋与四治著　オフィス未来、東京、２００４

76 「私の真実敗戦記」　松山宗正　防衛庁関連の研修会資料と思われる（三嶋与四治が遺した資料から：三嶋恵美子氏提供）

藤田　幸雄（ふじた　ゆきお）

昭和33年（1958）大阪市生まれ。筑波大学、同大学院を経て現在、千葉大学教育学部教授（スポーツ科学）、教育学博士。空手道の分野でも選手として1991年国体優勝、1996年準優勝などの戦績を持つ。全日本空手道連盟選手強化コーチ、筑波大学空手道部総監督。「カラテ解剖学」（福昌堂）、「強くなる組手　動きの方程式」（福昌堂）などの著書がある。本文にも登場する兄の静雄氏は現在、京都大学工学部教授（電子工学）、工学博士。

父がいた幻のグライダー歩兵部隊
～詩人竹内浩三と歩んだ筑波からルソンへの道～

2015年1月15日　第1刷発行
2016年3月 1日　第2刷発行

著　者　藤田幸雄
発行人　大杉　剛
発行所　株式会社 風詠社
〒553-0001　大阪市福島区海老江5-2-7
ニュー野田阪神ビル4階
TEL 06（6136）8657　http://fueisha.com/
発売元　株式会社 星雲社
〒112-0012 東京都文京区大塚3-21-10
TEL 03（3947）1021
印刷・製本　株式会社関西共同印刷所

ISBN978-4-434-19959-2 C0095